慕われ奉行
神田のっぴき横丁2
JN067660
時代小説
二見時代小説文庫

目次

慕われ奉行——神田のっぴき横丁2

第一章　助(すけ)っ人(と)

一

家の戸を開けた真木登一郎(まきとういちろう)は、吹き込んできた風に踏み出した足を止めた。のっぴき横丁は風の通り道になっているため、砂埃(すなぼこり)が舞い上がる。

「おや、大殿様、じゃなくてご隠居様、でもなくて先生、お出かけですか」

吹き込んだ風に気づいた中間(ちゅうげん)の佐平(さへい)が、奥から出て来た。

「湯屋に行ってくる」登一郎は振り向いて、手拭いを入れた懐(ふところ)をぽんと叩いた。

「朝と夕は混んでいるが、昼過ぎは空(す)いていることがわかったのだ」

「さいで」佐平は、膝をついた。

「行ってらっしゃいまし」

うむ、と登一郎は外へと出た。

横丁を歩き出すと、ちょうど入って来た男がいた。若い暦売りの新吉だ。正月には一年の暦を出すが、その後は毎月の暦を作って売っている。横丁の者にはただで配るのが習いで、移って来たばかりの二月の暦はもらえなかったが、出たばかりの三月の暦は登一郎ももらうことができた。

新吉は登一郎に気がつくと、小さな笑顔を見せた。

「これは先生、お出かけですか」

「うむ、新吉さんは暦売りから戻って来たのか」

いつもは腕に暦の束を乗せているのだが、今日は丸めて懐に入れている。

「ええ、風で飛ばされたもんで、今日は終いにしました」

「ふむ、風には勝てぬな」

ええ、と頷きながら、新吉は登一郎の腰を見た。二本差しではなく、脇差しだけを佩いているのを見て、にっと笑った。

「湯屋ですか、ごゆっくり」

そう言うと、家へと入って行った。

鋭いな、と登一郎は苦笑しながら、横丁を進んだ。一番端の軒下では、小さな木札が風に揺れていた。〈よろず相談〉と書かれた札だ。家主の永尾清兵衛は、横丁の差配をまかされている浪人だ。

　横丁を出て、登一郎は清兵衛の家沿いに曲がった。と、窓が開いていた。この窓の下で、清兵衛は天気のよい日に気が向くと、易占いの見台を出すこともある。

「おっ」と窓の中から声がかかった。

「登一郎殿、お出かけか」

　窓辺にやって来た清兵衛に、登一郎は頷きを返した。

「なに、湯屋にな。今日は風が強いから、清兵衛殿も見台は出さぬのだな」

「うむ、風もあるし、気も向かぬ」

　ははは、と笑う清兵衛に笑みを返して、登一郎は足を進めた。細い横丁から出た道も、さして広くはない。この道の先に見えるのが、人の行き交う広い表通りだ。と、登一郎は足を止めた。

　その表通りから、若い男二人が走り込んで来たためだ。

　先を走る男は、右手でもう一人の手首をつかんで引いている。

　登一郎は、はっとその目を見開いた。

　引っ張る男の左の袖は切られて下がり、下に覗く腕からは血が流れている。

引っ張られている男は振り向いて、背後を見る。

背後から、二人の若侍が走って来ていた。

抜き身の刀を手に、

「待てっ」

と、目を吊り上げて追って来る。

先を走る侍は、面長の顔に目を吊り上げている。

逃げて来たほうは、手を引く男の足下が揺らいだ。と、同時に、

「離せ、米造」

と、腕を引かれていた男は手を払った。

自由になった腕で、男は道端に干してあった桶へと手を伸ばした。

「いけません、若旦那」

米造と呼ばれた男が止めようと手を伸ばすが、若旦那は、桶を振り上げて、侍に向かって行った。

それを振り回して、突進していく。

侍は足を止め、構えを直した。

若旦那は侍の刀を持つ手に桶をぶつけ、大声を上げながら振り回す。侍は刀を落と

しそうになりつつも堪（こら）えて、後ろに下がった。若旦那は桶で、さらに侍の腕を弾（はじ）いた。

　その若旦那の背後に、もう一人の侍が素早く回り込んだ。

　桶を持つ肩に向かって刀を振り上げる。それを見て、登一郎は走った。

「よせっ」

　脇差しを鞘（さや）ごと抜いて、侍の腕を思い切り払う。

　刀が手から落ち、侍が振り向いた。丸顔だが、目つきがやはりきつい。

　登一郎は鞘を捨てると、その切っ先を侍に向けた。

「町人相手に、刀を抜くとは何事かっ」

　侍はすぐさま落ちた刀を拾い上げ、睨（にら）みつける。

「何者だ」

「ただの助（すけ）っ人（と）だ」

　登一郎は足をずりりと踏み出す。

　腕から血を流している米造が、登一郎の背後に回り込み、身を隠した。

　辺りに、人が集まって来る。

　若旦那が、

「このっ」

と、面長の若侍に向かって桶を振り上げる。

「おおっ」

「いいぞ」

「やっちまえ」

周りから声が上がった。

若侍は、くっと喉を鳴らして手を止めた。その手で刀を納め、

「行くぞ」

と、もう一人に言って背を向けた。

走り出したその背を、もう一人も慌てて追って行く。

登一郎は背後の米造に向いた。

「腕を斬られたか」

真っ赤になった己の腕に気づいて、米造は唇を震わせた。

「あ、へえ」

「ふむ、これはいかんな」

登一郎は懐から手拭いを取り出して、腕の上部を縛った。

「近くに医者がいる、立てるか」

登一郎は右腕をつかんで引っ張り上げた。

「米造」

桶を放り投げた若旦那が、駆け寄って覗き込む。

登一郎は顎をしゃくって横丁を示した。

「医者はすぐそこだ」

歩き出した登一郎と米造に、若旦那も手を添えた。

横丁に入ると、騒ぎに気づいて出て来た清兵衛が、目を丸くした。

「や、怪我か、医者だな」

そう言って走り出すと、一番奥の戸口に向かって、

「龍庵(りゅうあん)先生」

と呼びかけた。

戸口を開けた龍庵は、米造を抱えて来た登一郎を見て、「ややっ」と戸を開け放った。

「ささ、中へ」

皆を迎え入れる。斜め向かいの新吉も、騒ぎを聞きつけて加わっていた。

米造はたちまちに着物を脱がされ、寝かされた。

「ざっくりとやられたな」龍庵は眉を寄せる。

「わしは縫うのが得意ではないゆえ、これは金創医にまかせたほうがよいな」

刀傷は金創ともいわれ、それを得意とする医者もいる。

「あっ」若旦那が顔を上げた。

「医者ならうちで診てもらっている先生方が……金創を診るお医者もいたはずです」

「ほう、そうか、家はどこだ」

「蔵前の深田屋……札差です」

「ふむ、ならば、名医のお抱えもおろう、ちゃんとした手当は戻ってからするがいい。

今は、とりあえず血を止める手当をしておこう」

龍庵は新しい晒を広げた。

蔵前ならば、遠くはないな……。

「ふむ、では、家に知らせてこよう」

腰を浮かせた登一郎の前に、新吉が手を突き出した。

「あ、あたしが行きましょう、蔵前ならわかるし、脚は丈夫ですから」

膝を叩いてすっくと立ち上がる。

「む、そうだな、そなたのほうが速いな」

　登一郎が見上げて頷くと、新吉はすぐに外へと飛び出していった。

　若旦那は心配そうに米造を覗きつつも、「くそっ」とつぶやいている。

「あの二人は、知った者か」

　登一郎の問いに、若旦那は首を振った。

「いいえ、いきなり後ろから、おい深田屋、と声をかけてきたんです」

「ほう、すると、あちらは知っていたのだな」

「あの二人……」米造が顔だけを持ち上げた。

「両国(りょうごく)ですれ違ったんです。こっちを見たな、と思ったら、こっそりと付けてきて……」

「え、そうだったのかい」

　目を見開く若旦那に、米造は頷く。

「へい、で、あたしはいやな気がして、気をつけていたんです」

「そうかい、あたしは気づかなった」

　若旦那は唇を嚙む。

　ふうむ、と登一郎は二人を改めて見た。札差の若旦那と手代(てだい)ということか……札差なれば、武家から怨みを買っていても不思議はないな……。

札差は江戸では大きな力を握っている。札差は役人が公儀から禄として支給された米を、金に換えるのが仕事だ。多くの金を動かしているため、札差は金の融通もする。前払い、立て替えなどの形で、金を貸すのだ。禄の少ない武家は、その借金で家計を回しているのが実情だ。

登一郎は目を伏せて、襲った若侍を思い出していた。あの二人、金を借りていた武家の倅、かもしれぬな……。

その目を開いた。外からいくつもの足音と声が聞こえてきたからだ。駕籠が着いて、人が下りたのがわかった。

戸が開き、男が飛び込んで来た。

「松太郎っ」

そう声を上げながら、草履を脱ぎ捨て、上がり込んで来る。

「おとっつぁん」

若旦那が腰を浮かせた。

「ああ、無事だったか」

走り寄った父は、息子の両腕をつかんだ。そこでひと息、吐いてから、

「旦那様」

と、上体を起こした米造を見た。

「ああ、米造、なんてこった、大丈夫か」

「おとっつぁん」松太郎が身を入れる。

「あたしをかばって斬られたんだ」

「おお、そいつはすまなかった」

主が右手を取ると、米造は「いいえ」と首を振った。

主は医者の龍庵を見る。

「どうなんです、傷は」

「ふむ、深く斬られているので、腕が不自由になるかもしれません。だがそれよりも、刀傷は膿むのが怖い、それが元で死ぬこともありますから。早く戻って、金創医を呼んだほうがよい。血止めはしておきましたが、ちゃんと縫ってから薬も使わねば……。それは急いだほうがよいですぞ」

「はい、わかりました」

言いながら、主は周りの人々を順に見た。呼びに行った新吉は、ともに駕籠に乗って来たらしく、座敷に上がっていた。

松太郎は登一郎を手で示す。

「おとっつぁん、このお侍さんが助けてくだすったんだ」

「ああ、そうでしたか」

手をついて頭を下げる主に、登一郎は手でそれを制す。

「いや、たまたま行き合わせたゆえ、狼藉を止めたまで。それよりも、はやく連れ帰ったほうがよかろう」

はい、と主は顔を上げた。

「あたしは深田屋主、新右衛門と申します。お礼はまた改めて伺います、お名前をお聞かせください」

「いや、礼など無用」

そう言う登一郎の横にしゃがんで新吉が口を開いた。

「このお方は真木登一郎様といって、この並び、一軒おいて隣にお住まいで」

ほう、と新右衛門は目を見開いた。

「こちらにお住まいで……では、お礼はいずれまた改めまして」

もう一度、頭を下げると、新右衛門は米造に手を差し出した。

「さ、立てるか、駕籠を待たせてあるから、それで戻るぞ」

米造は松太郎に支えられながら立ち上がる。

「あっと、これを」新右衛門は小さな包みを龍庵に差し出した。

「薬礼(やくれい)です」

では、と龍庵は遠慮せずに懐に入れる。

新右衛門は皆に会釈を残して、息子と手代を連れて出て行く。

戸が閉められると、座敷ではほっと息が漏れた。

「やれやれ」

隅にいた清兵衛がつぶやくと、登一郎は隣の新吉を見た。

「礼など無用、と言うたに」

新吉は片目を細めた。

「いやいや、これで終いにしちゃあ、もったいないってもんです。話によっちゃあ、面白いことになるかもしれませんぜ」

あ、と登一郎はひと息、呑んだ。そうか、話によっては読売(よみうり)のネタにできる、ということか……。

新吉は、にやりと、登一郎に笑って見せた。

二

朝、箒(ほうき)を手に登一郎は戸口を出た。家の前を掃くのがすっかり日課になっていた。初めは横丁の人々を知るため、という目的もあったが、掃き清める気持ちよさで毎朝の仕事になっていた。

足を踏み出した登一郎は、向かいに目を留めた。

開いた戸口の前で、幼い男児がしゃがんでいる。

向かいの家のお縁(えん)は独り暮らしで、子供を預かるのを生業(なりわい)としているため、これまでにも幼子の姿があった。

登一郎は、ここに家移(やうつ)りして来たときに預けられていた亀吉(かめきち)を思い出していた。

箒を手放すと、登一郎は男児に近づいた。

男児は地面に小さな石ころを積んでいる。

「ほう、石を集めているのか、ここは石が少ないであろう」

覗き込んだ登一郎を子供が見上げる。

「うん、ちっさいのばっかりだ」

その眼差しには屈託がない。

亀吉とはずいぶん違うな、と登一郎は思う。

亀吉の母のおあきは、殴る蹴るをする亭主から子を連れて逃れ、深川の長屋に隠れ住んだ女だった。が、慣れない洗濯仕事で身体を壊し、小石川養生所に入ったため、亀吉がお縁に預けられたのだ。母を待つ亀吉は、冷たい風の中でも、外でしゃがんで待っていたものだった。おあきが迎えに来たときに、初めて見た亀吉の笑顔を思い出す。

深川に戻る際、亭主に見つかることを恐れていたおあきを、登一郎は両国橋まで送って行ったことも甦る。

「まあ、おはようございます」お縁が出て来た。

「この子、昨日から預かっている子なんです」

「ほう、さようか。いや、亀吉を思い出していたのだが、この子は亀吉と違って笑顔に屈託がないな」

ええ、とお縁は頷く。

「この子のおっかさんが妹を産んだんですけど、産後の肥立ちがよくないらしくて、少しのあいだだけ、預かることになったんです」

「そういうことか、なれば、心配はいらぬな」

「はい、おとっつぁんは、仕事で十分な世話ができそうにないから、と言っていたんで、情に厚い人なんでしょう」

ふむ、と登一郎はしゃがんで子の頭を撫でた。

「妹ができたのか、よかったな」

うん、と子は笑顔になって両手を広げた。

「こんなにちっさくて赤かった。赤いから赤ちゃんて言うんだって」

「そうか、坊も生まれたときはそうだったんだぞ」

「うん、おとっつぁんがおんなじだって言っていた。そんで、赤ちゃんはみんな世話が焼けるんだって。だから少しだけ、おいら、ここで我慢するんだ」

ほほう、といま一度頭を撫でる。

「坊は偉いな」

「うん、あんちゃんだもん」

胸を張る子に、登一郎は笑顔で立ち上がった。と、その顔を隣に向けた。戸が開いて、男が出て来たのだ。

男は代書(だいしょ)を生業としており、百谷落山(ももやつらくざん)という名だと清兵衛から聞かされていた。一度挨拶はしたが、それ以降、言葉は交わしていない。

「おはようございます」

と、落山は総髪で短い茶筅髷の頭を小さく下げた。

「おはようございます」

と登一郎とお縁は声をそろえる。

学者崩れの浪人といったところか……。そう思いながら登一郎は、横丁を出て行く背中を見送った。

「さ」とお縁は子に手を伸ばす。

「朝ご飯ですよ」

その言葉に、登一郎の腹の虫が鳴る。

「なっと、なっとー」

ちょうど納豆売りの声も響いてきた。

登一郎は家の戸口に戻ると、箒を手に取り、ちゃっちゃっと掃き始めた。

家の中からご飯の炊ける匂いが漂ってきていた。

「父上、おられますか」

戸が開いて、息子の長明が入って来た。屋敷を出てから、この町家に来たことがあるのは、三男の長明だけだ。

「おう、上がれ」

登一郎の声に、風呂敷包みを抱えた長明が上がり込む。

「単衣の着物をお持ちしました。母上が選ばれて、要りようであればもっと包むと仰せでした」

「ふむ、照代は変わりないか」

「はい、飛鳥山の花見のために、弁当の献立を考えています。なにやら楽しそうです」

肩をすくめる息子に、登一郎はうほん、と咳を払った。

「なればよい」

頷く父を、長明は上目で見た。

「父上はご不自由はないのですか」

「うむ、ない」

「なれど、お一人だとなにかと……」

「一人ではない、佐平がいる」

台所で湯を沸かしている佐平を目で示す。と、その目を息子に向けた。

「む、もしや、屋敷ではわたしがいないことで不自由があるのか」

「いえ、そういうわけでは……林太郎兄上は家長として、立派に差配をしておられますので」

「む、なればよい」

少し口を曲げながらも頷く父に、長明はまた肩をすくめた。

「父上は屋敷でも書斎におられることが多うございましたから、お一人でも平気なのですね」

むう、と登一郎は眉を寄せた。

「武家の家など、どこもそうであろう」

はあ、と長明は上目になる。

「わたしもそう思っていたのですが、以前、友の屋敷を訪ねた折、少々、意外に思ったもので」

「意外、とは、なにがだ」

「はい、その家ではお父上とお母上の仲が睦まじく、子らも集まって菓子を食べたり語らったりしていたものですから」

ふうむ、と登一郎は目を上に向けた。

自分の父母を思い出すが、睦まじいとはいえなかった。弟や妹とはしばしば喧嘩をし、仲良く遊んだ覚えは少ししかない。

ふうむ、それゆえ、我が家も同じような家になったのかもしれぬな……。

「まあ、それは運だな」

父のつぶやきに、息子の目が丸くなる。

「運、ですか」

「さよう、武家の縁組みは情で決めるものではない。家同士で決め、会ったこともない相手と夫婦になるのだ。睦まじくなれる相手と一緒になれるかどうか、それは運だ。そなたはまだ若いゆえ感じ入ったことはないだろうが、人世には、運というものがあるのだ」

はあ、と長明は腕を組んで首をかしげる。

「なるほど、武家の縁組みは運次第、ですか。では、町人のほうが運に左右されないということですね。岡惚れのあげくに夫婦になれば、睦まじくいられるのですから」

うむ、と頷きかけて、や、と登一郎はその顔を戻した。亀吉の母おあきの顔が浮かび上がった。男前の顔立ちに惚れて夫婦になったものの、手を上げる質だとわかって逃げ出したのだと、語った顔は悲しさと悔しさで歪んでいた。

「いや、岡惚れがよいとは限らぬ。わたしは身を以ては知らぬが、あれは気の迷いを生むようだ」

「へえ、そうなのですか」

「うむ、まあ、ここに来て学んだのだがな」

はあ、と息子は感心した目で父を見る。

「ゆえに」父は息子を見た。

「岡惚れには気をつけることだ。一時の気の迷いで、道を踏み外すことがないようにな」

「はい」

神妙に頷く息子に、登一郎は笑顔を向けた。

「着替えを持って来てくれた褒美だ、町をひとめぐりしてから、旨い物を食べに行こう」

はい、と長明は勢いよく立ち上がった。

三

いつものように朝の横丁を掃いていた登一郎は、その手を止めた。

外から入って来た男が、左右を見回しながら歩いて来る。

登一郎と目が合うと、近づいて来て、口を開いた。

「ここがのっぴき横丁ですかい」

「うむ、さよう」

頷く登一郎に、男は小首をかしげる。

「ここに子供を預かる女がいるそうで」

登一郎は男の背後を見た。子を連れているわけではない。

「ふむ、なにか用事がおありか」

いや、と男は顔を巡らせる。

「うちの亀吉が、そこに預けられていたってぇ噂を聞いたもんで」

亀吉、と登一郎はそっと息を呑み込んだ。それでは、この男が殴る蹴るをしたというおあきの亭主か……。

「うちの、ということは父親ということか」

「へえ……あっしは湯島(ゆしま)から来た三次(さんじ)ってもんで。仲間がここで亀公らしい子を見たってんで」

登一郎は向かいのお縁の家に少し顔を向けて口を開くと、大きな声を上げた。

「ほお、そなたが亀吉の父か」

お縁の家の中で、小さな物音がした。お縁に向かって逃げろ、と登一郎は腹の中でつぶやく。なにをされるかわかったものではない……。

「へっ、亀吉を知っていなさるんで」

目を丸くする三次に、登一郎はまた大声を出す。

「うむ、ここにいたときに声をかけたことがある。しかし、もうおらんぞ。母御が迎えに来て、帰って行ったそうだ」

お縁の家の裏から、かすかに戸を動かす音が聞こえてきた。よし、出て行ったな……。登一郎はほっとする。裏から横丁を出て行けば、わからない。

ふうん、と三次は顔を歪める。

「まあ、いいや、でえじな用はそっちじゃねえんで。ここでは代書を請け負う家もあるって聞いたんですけど、どこですかい」

「え、代書……代書を頼みたいのか」

登一郎は目を丸くした。おあきと亀吉の居所を尋ねに来たのではないのか……。

「へえ、去り状を作りてえんでさ。それをおあきに送って、きれいさっぱり縁を切ってやるんで」

「ふうむ、離縁状か……。しかし、三行半（みくだりはん）ならば、字で書かずとも棒を三本半でもよい、というではないか」

登一郎の言葉に、三次は「けっ」と息を吐いた。

「そんなみっともねえことができるかい。あっしだって、仮名（かな）くらい書けるけど、こう、きっちり、ちゃんとしたのを作って渡してえんでさ」

ほう、と登一郎は顔を巡らせて、足を踏み出した。

お縁の隣が代書屋だ。

軒先には木札が下げられており、筆の絵が描かれている。字が読めない者でも、筆の絵でわかる仕組みだ。

「ごめん」登一郎は戸口で声を上げた。

「落山殿、おられるか」

落山は号（ごう）だろうが、皆にそう呼ばれている。

はい、と戸が開いた。

登一郎と背後の三次を交互に見る落山に、

「お客を案内（あない）いたしした。前に隣にいた亀吉の父だそうで、離縁状を頼みたいそうだ」

「ああ、あの子の」落山は戸を大きく開けて招き入れる。

「さ、どうぞ」

入って行く三次に、登一郎も続く。怪訝な顔を向ける落山に、

「邪魔をしてよろしいか」

と、言いつつ、ともに上がり込んだ。乱暴だと聞いていた三次のふるまいが心配だった。それを察したように、落山も目顔で頷いた。

文机に向かって筆を執ると、落山は「去り状、ね」と三次を見た。

「さてさて、いろいろと書きようがありますが、どうしますかな、書き出しは、因縁薄によって、とか、我ら勝手に付き、とかがよく使われる言い回しで。まあ、そんな前振りを付けないのも……」

「や、そいつだ、勝手に付きってやつで頼みまさ。そいつはあっしが離縁を決めたってぇこってしょう」

「はい、そうですな」

頷く落山に、三次は胸を張る。

「おれのほうから追い出したんだ。そいつをはっきりさせなきゃなんねえ」

登一郎はなるほど、と胸の中で頷いた。女房に逃げられた、とは言われたくないに違いない。巷では、女房が離縁したがっているのに去り状を書かない夫はみっともな

いと笑われる。

「はい、では」

落山は筆に墨を付けた。

広げた紙の冒頭にすらすらと、離別一札の事、と書くと、顔を上げた。

「さて、では、我ら勝手に付き、離別いたし候、然る上は何方へ縁づき候とも随意たるべき、と……そういう文面でよろしいですかな」

「おう、それで頼みまさ」

腕をまくり上げて、身を乗り出す三次の横顔を、登一郎はそっと見た。おあきが男ぶりに惚れた、と言っていたとおり、確かに、きりりとした男前だ。

動かしていた筆を止めて、落山が顔を上げる。

「はい、では、女房殿の名とあなたの名を教えてください」

「女房はおあき、あっしは三次」

指で文字を書きながら答える。

はい、と落山は筆を運ぶ。

「日付は今日でよろしいですかな」

「へい」

天保十三年、三月五日、と筆が流れていく。

下に三次と記され、次の行で、あきへ、と書かれた。

「できましたよ」落山は小さな壺を手に取って蓋を開けた。

「では、名の下に爪印を押してください」

三次は壺の朱墨を指先に付けると、名の下に押した。

しみじみとそれを見て、三次は鼻を膨らませた。

「へえ、立派なもんだ、これでさっぱりだな。で、いくら払えばいいんで」

「はい、去り状は八十文に決めています。八は末広がりで縁起がいいですからね、この先の開運に繋がりますように、と」

へえ、と笑いながら三次は銭を渡す。

「そいじゃ、これをおあきに届けてくだせえ」

はっ、と落山の目が見開いた。

「いや、わたしの仕事は書くだけ、届けるのはしません」

「え、そうなんですかい」

「そうですとも。それは飛脚にでも頼んでください」

ううん、と三次の歪んだ顔に、登一郎はそうか、と得心した。三次はおあきの居所を知らない、が、知らないことを人に知られたくはない、逃げられたと知られてしまうからだ……それに、おあきも三次に居所を知られたくないだろう……。

「よし、わたしが届けて進ぜよう」

登一郎が口を開いた。

「え、旦那が」

「うむ、深川だというのは、わたしもおあきさんに聞いている。詳しい処は亀吉を預かっていた家に訊けば、わかるはずだ」

胸を叩いて登一郎が手を差し出すと、落山は頷いて三次を見た。

「なるほど、それはよい、こちらは身分あるお武家様だ、お願いしなされ」

去り状に封をする。

「けど、なんでお侍が」

戸惑う三次に、登一郎はとりあえず胸を張って見せた。

「わたしはこの横丁の……そう、いろいろの助っ人をしているのだ」

「へえ、さいで……あ、そんなら」三次は懐から巾着を取り出した。

「去り状と一緒にこいつも渡してやってくだせえ。亀吉にひもじい思いをさせねえように言付けてって」

うむ、と登一郎は書状と巾着を受け取る。巾着はずしりと重い。

落山は助かった、とばかりに登一郎に頭を下げる。

「うむ、請け負った」

と、登一郎は二人に頷いた。


翌日。

深川の辻を、登一郎は曲がった。

今朝、お縁にいきさつを話し、おあきの居所を聞き出していた。

〈今川町の長六長屋って、言ってましたよ〉

長屋に続きそうな路地は何本もある。

確か、四本目を左に入る、と言っていたな。辻の手前で尋ねた男が、教えてくれたことだ。

細い道を入ると、そこに長屋の木戸があった。

お、と登一郎は早足になる。

「亀吉」

遊ぶ子らのなかに、亀吉の姿があった。

ろう。

「あ、横丁のおじさん」

見上げた顔が笑う。送って行ったときに、飴を買ってやったことを覚えているのだ
「元気そうだな、おっかさんはいるか」

うん、と亀吉は走り出す。

「こっち」

奥の家の戸を「おっかあ」と呼びながら開ける。

「横丁のおじさんが来たよ」

登一郎がその背後から続く。と、おあきは驚きを顕わに、膝を回した。

「まあ」と手をつきながら、亀吉に眉を寄せる。

「これ、おじさんだなんて、ご無礼だよ」

「いや、かまわん、ただの隠居だ」

登一郎が入って行くと、亀吉は背を向けて、仲間の元へと戻って行った。

「邪魔してよいか」

「はい、こんな所ですけど」

おあきは慌てて、広げていた布地を隅に寄せた。と、その眉根を歪めて不安そうに

登一郎を見た。

「あの、なんのご用でしょう」

ふむ、登一郎は懐に手を入れた。

「実はな、のっぴき横丁に三次さんが来たのだ。知り合いが亀吉に気づいて教えたらしい」

「え、あの人が」

怯える顔に、登一郎は笑顔を作って見せた。

「いや、大丈夫だ、この場所は教えていない。それに、横丁に来たのは、別の目的でな、そらこれだ」

懐から封書を差し出す。

「代書屋に離縁状を作ってほしい、と頼みに来たのだ」

おあきは受け取った封書を開いて、記された文字を目で追う。

「このたび我ら勝手に付き……三次、あきへって……ほんとだ、去り状ですね」

ほころんだ面持ちのおあきに、登一郎は頷いた。

「うむ、おおかた女房と子がいなくなったことを周りに知られて、体面を保ちたかったのであろう」

「ええ……あの人は見栄っ張りですから」

おあきは頷く。と、その口から失笑を漏らした。

「いえ、きっと、気になる女がいたんです。で、そっちと所帯を持ちたいと思ったんでしょう」

おあきは笑い出す。

なるほど、と登一郎は腹でつぶやいた。

重婚は罪とされており、離縁しないまま別の縁を結べば、女は頭を剃られて親元へ戻され、男は江戸払いに処せられる。

あはは、とおあきは声を立てて笑い出した。

「ああ、これでもう安心。この先はびくびくせずに、両国だって日本橋だって歩けるんだ」

肩を揺らして、おあきは離縁状を胸に抱く。

「そうだ」と登一郎は再び懐に手を入れた。

「これも預かったのだ」膨らんだ巾着を差し出す。

「亀吉にひもじい思いをさせないように、と」

へえ、とおあきは巾着を手に取った。

登一郎が、いいところもあるではないか、と言いかけると、おあきはまた失笑した。

「これで口を閉じろってことね」

む、と登一郎は身を反らす。

「そうなのか」

「ええ、そういう腹づもりですよ。新しい女と所帯を持ったところに、あたしが乗り込んだりしないように……おおかた独り身だって言って、口説いてるんでしょうよ。そういう人ですもの」

むむむ、と登一郎は腕を組む。奥が深いな……。

そのとき、「おっかあ」と戸が開いた。

「下駄のおじちゃんが来たよ」

そう言う亀吉の背後に、男が姿を見せた。が、登一郎に気づくと、

「あ、これは」

と、土間に入れかけた足を止めた。

「ああ」と、登一郎は腕をほどいた。

「わたしはもう帰るところだ」

「いえ」と、男は抱えていた風呂敷包みを上がり框に置いた。

「あたしもこれを届けに来ただけなんで……おあきさん、そいじゃ頼みます」

「はい、ありがとうございます」

おあきが手を伸ばすと、「そいじゃ」と男は出て行った。

外からは「おじちゃん」と亀吉に呼び止められる声が聞こえてきた。

「肩車しておくれよ」

「ああ、わかった、そら」

二人の声を聞きながら、登一郎はおあきを見た。

「下駄屋か」

「いえ」おあきは首を縮める。

「孫六(まごろく)さんは顔が四角いので、亀吉がそう呼んでるんです、もう、あの子ったら」

おあきは隅に押しやった布地を振り返った。

「あの人は古着屋の手代で、古い襦袢(じゅばん)を持って来てくれるんです。あたしはそれをほどいて洗って、仕立て直すのを仕事にしてるんです」

「ほほう、なるほど」

はい、とおあきは恥ずかしそうに微笑む。

「あたしは着物の仕立てはできないんですけど、襦袢ならやれるだろうって。襦袢で針に馴れれば着物の仕立てもできるようになるって言ってくれて……そうしたら、暮らし向きもよくなるから」

「ふむ、それはよい」

「はい」

　晴れやかに頷くおあきに、登一郎も頷き返して、腰を上げた。

「もう心配はいらぬな、お縁さんにも伝えておこう」

「はい、くれぐれもよろしくお伝えください。お縁さんには、ほんとによくしてもらったんで」

　頭を下げるおあきに、登一郎は大きく頷いた。

四

「ごめんくださいまし」

　戸口で上がった声に、二階にいた登一郎は窓を開けた。

　立っているのは札差深田屋の親子だ。

　下りて行くと、佐平が中へと招き入れているところだった。

登一郎が出て行くと、

「お礼に上がりました」

と、新右衛門が深々と頭を下げた。隣の松太郎は遅れて浅く腰を曲げる。

「ささ、どうぞ、お上がりを」

話を聞き知っていた佐平が、親子を上げる。

向かい合った登一郎に、新右衛門は風呂敷の包みを解いて、箱を差し出した。

「気持ちばかりのお礼で……菓子なのでお口に合いますかどうか」

「これはかたじけない、頂戴いたす」

登一郎が目顔を向けると、佐平が箱を奥へと持って行った。

「改めまして」新右衛門が手をつく。

「真木登一郎様、先だってはこの倅、松太郎をお助けいただき、ありがとうございました」

松太郎も、それに倣う。

低頭する親子に、登一郎は首を伸ばした。

「手代の米造さん、であったか、その後、怪我はいかがか」

「はい」新右衛門が身体を戻した。

「おかげさまで大事に至らず、よくなってきております。ただ、傷が深かったため、元のようには動かぬかもしれないというのがお医者の見立てで……」

「あの男が」松太郎が口を開いた。

「容赦なく刀を振るったせいだ」

　これ、と父が息子を制す。

　ふむ、と登一郎は松太郎を見た。

「まあ、あの若侍、殺気までは放っていなかったゆえ、多少の手加減はしたはずだが……あの二人、御家人の部屋住みと見えたが、松太郎さんは顔に覚えはない、と言っていたな。あれから、なにか思い出したことなどはないのか」

「ありません。あたしも父について、御武家の屋敷に出入りしていますが、見かけた覚えはありません。まあ、屋敷に行っても、顔を見るのは主とせいぜい跡継ぎくらいですが」

「ふうむ、次男三男の部屋住みは表に出ることはないからな。しかし、屋敷のどこかから、客を見ているものだ」

　登一郎の言葉に、松太郎は身を乗り出した。

「はい、あたしもそれを考えました。きっと、陰から見て、あたしの顔を覚えていたに違いない、と」

「うむ」と登一郎は新右衛門を見た。

「出入りをしている武家で、怨みを持っていそうな家に心当たりはないのか」

いやあ、と新右衛門は眉を寄せる。

その顔を見つつ、松太郎は膝をじりりと、寄せてきた。

「おとっつぁんは、もう忘れろ、と言うんです」

「それはおまえ……事を荒立てても面倒なだけじゃないか」

松太郎は身をひねって父を見る。

「面倒って、悪いのはあっちですよ。こちらを怨むなんてお門違い（かどちがい）もいいとこだ。金を借りる際には頼むと低頭するのに、返済を催促すると逆怨みするなんて理に合わない。借りたものは返すのが筋（すじ）ってもんでしょう」

「いや、それはそうだが」新右衛門は息子を制すると、苦笑いを登一郎に向けた。

「倅はまだ世の事がわかっていないもので、困ったものです」

「いいや、おとっつぁん、世の事がわかるのと、世の汚れに染まるのは別のことだとあたしは思っています」

鼻の穴を膨らませる松太郎に、登一郎は、ほほう、気概（きがい）のある若旦那だな、と胸中でつぶやいた。

「そもそも」松太郎が唾を飛ばす。

「借りたものを返さなかったら、武家同士、いえ、町人同士だって罪に問われるじゃないですか。なのに、貸したのが町人で借りたのが武士だからといってうやむやにされるなんて、道理から外れてますよ」

ふむ、と登一郎は松太郎の上気した顔を見た。寛政の棄捐令を言っているのだな……。

十一代将軍家斉がその座を継いでまもなく、老中首座に就いた松平定信は、武家の困窮を救うため、札差などの借金を帳消しにするという触れを出した。それによって武士は救われたが、札差などは多大の損失を被ったのだ。

松太郎は拳を振り上げた。

「老中首座の水野様は寛政の政策を手本にすると言っているそうじゃないですか、また、棄捐令なぞを出しかねない。武士の態度が大きくなっているのは、そういう風潮が追い風になっているんだとあたしは思いますよ。そんな風潮に黙って耐えたら、ますます増長するだけだ」

これ、と父は手で制するが、登一郎は「うむ」と頷いた。

「若いのに、世の事をよく学んでおるな」

松太郎の面持ちがぱっと開く。

「やっぱり真木様だ、わかってくださると思ってました。水野様を敵に回したお方、と聞きました」

「これ、なにを言うか」

横の父が、首を縮めて登一郎を上目で見る。

登一郎は苦笑をかみ殺した。ふむ、調べたな、さすが札差だ……。

登一郎が老中首座の水野とその弟の跡部大膳に物申したことで怨まれ、隠居したことは、城中では誰もが知っている。城中の出来事は、やがて町にも伝わる。まして、武家に繋がりの深い札差であれば、少し探れば、詳しくわかるはずだ。

登一郎は親子を見た。

「こたびのこと、届け出てはいないのか」

「はい」新右衛門が首を掻く。

「襲ったのが誰であったか、わかりませんので。札差に怨みを抱いているかもしれない家など、多すぎて、見当がつきませんし」

その歪んだ面持ちに、登一郎はなるほど、と思う。厳しい取り立てをしているのかもしれない……。

「深田屋は武家何軒くらいに出入りしているのだ」

「はあ、百五十軒ほどです」

百五十……と登一郎はつぶやく。公儀の役人は旗本よりも御家人が圧倒的に多いことを思えば、そのほとんどが御家人のはずだ。

「ふうむ、それほどいるのであれば、確かに、見当をつけるだけでも大変だな」

「けれど」松太郎が父を見た。

「あんな狼藉を見過ごしにしたら、今度はなにをやるかわかりませんよ」

「うむ、わたしもそう思うぞ」登一郎が頷く。

「お咎めなしとみたら、増長するであろう、届け出たほうがよい。相手がどこの誰かは、そもそも町奉行所が調べることだ」

「ほうら、おとっつぁん、やっぱりそうするべきだ」

胸を張る息子の隣で、父はうなだれた首をさする。

「ううむ……まあ、真木様がそうおっしゃるならば……」

登一郎は柱に米粒で貼り付けた暦を見上げた。

「そうとなれば、早いほうがよい、今月は北町奉行所が月番だからな」

「あ、なるほど」新右衛門が手を打つ。

「遠山金四郎(とおやまきんしろう)様ですね」

町奉行所は南と北の二つがあり、ひと月ごとに当番が代わる。

北町奉行は遠山左衛門尉景元(さえもんのじょうかげもと)だ。父の名を継いで通称には金四郎を使っており、世にはその名でよく知られている。

「そうか、遠山様なら間違いはないですね」

新右衛門の言葉に息子が頷く。

「そうだよ、武士を贔屓(ひいき)したりしないで、公正なお裁きをしてくださるはずだ、おとっつぁん、急ごう」

「ああ、そうだな、妖怪(ようかい)のお裁きになってはたまらん」

妖怪とは、南町(みなみまち)奉行の鳥居甲斐守(とりいかいのかみ)耀蔵(ようぞう)のことだ。鳥居は老中首座水野忠邦(ただくに)の子飼いと言われており、その意を汲んで庶民に厳しい法令を立て続けに出し、江戸中で嫌われている。対立する相手を排する露骨(ろこつ)な手段にも人々は呆れ果て、耀蔵と甲斐を合わせて、妖怪と呼ばれるようになっていた。

「あの」松太郎は登一郎に対して身を正した。

「真木様はあの狼藉者の顔をご覧になってますよね、あの者が捕まったら、証立(あかしだ)てのため、吟味の場にお出ましいただけますか」

「ふむ、そうさな、顔は覚えているゆえ、出張ろう」

「ありがとうございます」

「なに、かまわぬ。そうとなれば、この先、時折ここに来て、進み具合を教えてくれ」

「はい」

「それと、届け出れば、深田屋に怨みを抱いているやもしれぬ相手を教えろ、と言われるはずだ。これまでに、なにやら揉め事があった相手などを調べておくといい。それがわかったら、わたしにも知らせてもらいたい」

「はい」

親子の声が揃った。

ようし、と松太郎の口が動く。

入って来たときには丸めていた背筋を伸ばして、親子は立ち上がった。

五

登一郎は大きな門の前で足を止めた。

目の先にあるのは北町奉行所だ。

月番であるため、門は内側に大きく開かれている。訴え事の公事を持ち込むらしい人々や、呼び出されたらしい者らがしきりに出入りをしている。

登一郎は門の奥を覗き込み、ふっと息を吐いた。遠山殿は多忙であろうな、また酒を酌み交わしたいものだが……。

そう思いつつ、歩き出す。

広い道沿いに進むと、また立派な門構えが見えてきた。南町奉行所だ。

こちらは非番であるため、門は閉ざされており、脇の潜り戸だけが開けられている。

月番であったときに持ち込まれた公事のため、また、吟味のための呼び出しで、人が出入りしている。

門を見つめる登一郎の眉間が徐々に狭まっていく。鳥居耀蔵の顔が頭に浮かんでいた。

「へっ」という男の声がすぐ横から聞こえてきた。

二人連れの若い町人が閉ざされた門を見ながら歩いて来る。

「この奥で妖怪がふんぞり返っていると思うと、腹の底がぐらぐらと煮えくり返ってくるな」

「おう、北の遠山様、南の矢部(やべ)様でずっと続きゃぁよかったのによ」

門の手前で足を止めた二人を、登一郎はそっと見た。

「矢部様はどうなるんでい」

「さあな、まだ評定(ひょうじょう)が続いてるって話だぜ」

鳥居耀蔵が就く前は、矢部駿河守(するがのかみ)定謙(さだのり)が南町奉行を務めていた。それを罷免(ひめん)し、後釜(あとがま)に座ったのが鳥居耀蔵だった。

矢部が南町奉行に着任したのが去年の四月、そして、罷免されたのが十二月だった。異例の短さであったのは、矢部が老中首座水野忠邦が立てた多くの政策に反対したことが原因とされていた。が、最も大きな理由は、水野が大名から賄賂(わいろ)を受け取り、無謀な転封(てんぽう)を画策したのを、矢部が理不尽なこととして止めたせいだった。

「妖怪の野郎、てめえが南町奉行に収まりたかったんだろうな」

「おう、そうだろうよ、だから、罪をでっち上げて、矢部様を罷免したにちげえねえ」

「だな、親分の老中首座も、逆らう矢部様を追っ払えるならってんで、鳥居に力を貸したんだろうよ」

「ああ、双方の思惑が合致して、一石二鳥ってこった」

矢部定謙は不正の嫌疑をかけられての罷免だった。

前任者の南町奉行筒井政憲が、在任中に帳簿の辻褄合わせをしていたことを取り沙汰されたのだ。後任の矢部はそれを知っていながら不問にした、と咎められての罷免だった。

登一郎はそれを思い起こして、くっと喉を鳴らした。帳簿の辻褄合わせは、どこの役所でも行われていることだ。

男は町奉行所から、城へと目を向ける。

「おれぁ、つくづく侍に愛想が尽きたぜ」

「おう、まったくだ」

町人二人は頷き合う。

「道理に合わねえ罷免だってのに、誰も文句を言わねえで、通しちまったんだからな。武家なんざ、偉そうにしてやがるが、上の言いなりじゃねえか」

「ああ、所詮、我が身が大事、火の粉が降りかかりそうなことには近づかねえのが得策ってこったろうよ」

登一郎は顔を伏せた。耳が痛い。

男二人は歩き出す。

登一郎は顔を上げた。いや、と声をかけたかった。わたしは水野様に言ったのだ、寛政の政策を手本とするのは間違いだ、と……。

しかし、声が出る代わりに溜息が出た。そう物申したのは、城を去ると決めてから、乱心を装ってのことだった。矢部定謙が罷免された折には、確かに、なにもできなかった。

登一郎は肩を落として歩き出す。

が、しばらくして、いいや、と顔を上げた。

今はもう役人ではない、もう失うものなどないのだ、恐れることもない。そのためにのっぴき横丁に移ったのではないか……。

うむ、と己に頷く。見ておれよ、と空を見上げた。

「ごめんください、真木様、深田屋の松太郎です」

戸口に声が上がった。

お、早いな、と真木は顔を向けた。深田屋親子が来たのは三日前だ。

走り出た佐平が戸を開けると、松太郎が入って来た。

「よかった、ご在宅でしたか」

「うむ、お上がりなされ」

はい、と腰を下ろした松太郎は、すぐに懐から折りたたんだ紙を取り出した。

「あれからすぐに、得意先のうち御家人の帳簿を調べました。で、その中から、少し揉め事のあった家……返済が滞っていたり、貸し出しが積もっているため、それ以上の申し入れを断ったりした家が、まあ、けっこうな数があるのですが、特に怨みをもたれそうな家を書き出しました」

御家人は年三回、公儀から禄の米を支給される。それを札差が金に換えるのだが、禄が少なければ、次の支給までに金が足りなくなる。その分を前借りとして借りるのだが、次の支給で返せるわけではない。そこでさらに借金をすることになり、その額は増えていく。

禄の少ない武士は、内職として植木を育てて売ったり、筆を作ったりと副業を持っている。だが、それでも十分に回せない家が多く、借金に頼らざるを得ない。そうして借金の額があまりにも多くなると、札差はそれ以上の貸し出しを断ることもあった。

松太郎は膝の前で紙を広げる。

五人の武士の名が記されており、屋敷の処も書かれている。

「後藤家、三好家、それに林田家、坂本家、あとは北野家です」

ふむ、と覗き込む登一郎を、松太郎は上目で見た。

「真木様は以前、御目付様をなさっておられたと聞いております。この五人に覚えはありますか」

登一郎は大番士や目付を経て、作事奉行まで務めていた。

「いや」と登一郎は顔を上げた。

目付は公儀に仕える旗本と御家人を監察する役目だ。

「目付は十人、それに対して旗本はおよそ五千人を越えておるし、御家人に至っては一万八千人近くもいるのだ。よほどのことでもない限り、名前を覚えるようなことにはならぬ」

はあ、と松太郎は息を吐く。

「そうですよね」

「だが」と登一郎は紙を手に取った。

「これはよい手がかりとなろう。奉行所にはもう届け出たのか」

「いえ、真木様にお見せしてから、と思ったので、明日の朝、届けに行きます。手代の米造を連れて行って、怪我も見せるつもりです」

「うむ、それはよい」登一郎は腕を組みながら、松太郎を見る。

「前にも訊いたが、あのとき、襲ってきた二人、顔は見ていないのだな」

「あ、はい……いきなりだったし、あたしはなにがなんだかで、姿もろくに覚えていないんです」

「ふむ、松太郎さんが桶で刃向かっていたほうは面長、背後から襲おうとしていた男は丸い顔をしていたな」

「そうでしたか」

「うむ、名前を呼び合ってはいなかったか」

「名前……それは聞いた覚えがありません。ただ、あたしもあとで米造に尋ねたんです、なにか覚えていることはないか、と。そうしたら、話を小耳に挟んだと……すれ違ってからあとを付いて来たのを、なにやら怪しいと思って、あたしの後ろに下がって、耳を澄ませていたそうです、米造はそういうところ、気が利くんで。そしたら、あれは札差だ、という言葉が聞こえたそうです」

「ほほう」

「小声でぼそぼそとしゃべって、よくは聞こえなかったそうですが、殺しはしない、とも言っていたそうで」

「ふうむ、なるほど。で、深田屋と、声をかけてきたのだな。それが面長、と言うことか。して、もう一人の丸顔はなにか言いはしなかったか」

「いえ、聞いた覚えはありません。その面長の後ろから飛び出してきたんですが、無言でした」

「ううむ、となれば、深田屋に怨みを持つのはその面長のほうだけで、丸顔はただ加勢したに過ぎぬ、ということかもしれぬな」

「やはり、そうですか。米造もそんなことを言っていました」

「うむ、となると、探し当てるのは一軒ということだな。まずはこの五軒から探ればよいであろう。町奉行所もそれで探索を始めるはずだ」

「そうですか、すぐにわかるでしょうか」

ううむ、と登一郎は声を呑み込んだ。町奉行所は常に多くの仕事に追われている。殺されたわけでもなく、札差と御家人のいざこざとなれば、さほど重く扱われないであろう……。

「まあ、とにかく、届け出ることが大事だ。一度、届けておけば、次になにか起きたときに、有利になる」

「次に……また、来るでしょうか」

「いや、また襲って来ることはあるまい。だが、いざこざから公事になることもありうるからな、それも踏まえておいたほうがよい」

「ああ、はい、そういうことですね」

松太郎は頷く。

登一郎は名の書かれた紙を手に取った。

「これはもらってよいか。こちらでも、なにかわかったら知らせよう」

「はい、どうぞ。やはり真木様に相談したのが、助けになりました。ありがとうございます」

松太郎は手をつきつつ、上目になった。

「また参ってもよいでしょうか、今日は急いでいたので手ぶらで来てしまい、ご無礼を……あの、真木様は菓子とお酒ではどちらがお好みでしょう」

うほん、と登一郎は咳を払う。

「いや、気遣いは無用……なれど、言うとすれば、わたしは酒が好ましい」

「はい、では、次はそれで」

そう言うと松太郎は、にこやかに立ち上がった。

出て行く松太郎を、佐平が見送る。

登一郎は五人の名が書かれた紙を手に取り、ふうむ、と考え込んだ。

あの面長は、このうちのどこかの部屋住み、ということか……。

「そうだ」

登一郎の声に、戸を閉めた佐平が振り向いた。

「佐平」

座敷に上がろうとする佐平を、止める。

「なんでしょう」

「ちと、使いを頼みたい。屋敷に行って来てほしいのだ」

家を出てから、登一郎は一度も戻っていない。

はあ、と土間に立った佐平に、登一郎は近寄って行った。

第二章　困り人、来る

一

「父上、おはようございます、参りました」

長明がそう言いながら戸を開けた。

「おう、上がれ」

はい、と三男坊は父と向かい合った。

「父上からのお呼び出しとは、初めてですね、なにかありましたか」

昨日、佐平を屋敷にやったのは、長明への言付けのためだった。

「うむ」登一郎は松太郎が持参した紙を広げた。

「ここに五人の御家人の名と屋敷の場所が記されている。そなたに探索を頼みたいのだ」

「探索ですか」長明は身を乗り出す。

「なにを探るのでしょう」

「そこの息子だ。長男ではない、次男か三男、あるいは四男五男かもしれん」

「はあ、部屋住みですね、わたしのような」

苦笑に父もつられる。

「まあ、そういうことだ。で、手がかりは顔だ」

「顔、ですか」

「うむ、わたしは顔をつきあわせたので、自ら出向くわけにはいかないのだ。あちらに気づかれてしまうからな」

「はあ、一体なにがあったのです」

「実はな……」

登一郎は深田屋の一件を話す。

「へえ、そのようなことが……」長明は腕を組んだ。

「では、その襲った若侍を探し出せばよいのですね。この五軒のうちのどこかにいるはずだ、と」

「うむ、さすれば家がわかり、町奉行所に知らせることができる。町人相手に刃傷など、見過ごしてよいことではないからな。それを許せば、武家のふるまいが悪くなるばかりだ」

「はい、科人は科人、お咎めなしなど許せません」

口を曲げる息子に、父は微笑む。三人の息子のなかで、こやつが一番、わたしに似ている、曲がったことが嫌いな一本気だ……いや、悪く言えば融通が利かないということか……。

苦笑に変わった父に、長明は小首をかしげる。

「なにか」

「ああ、いや、そなたは長男でなくてよかった」

はあ、と頷く。

「確かに、わたしは兄上と違って、役人には向きません。三男でよかったと思っています」

「うむ、出世がすべてではない。部屋住みとて、己の道を見つけることができよう、それを探せ」

「はい、世を見ることで、道の先も開けると思っています。こたびの探索の役目もやりがいがありそうで、うれしく思います」

　ああ、と登一郎は文机を引き寄せた。

「そうであった、そのことだが」筆を執って、文字を連ねていく。

「その男、顔は面長……」

　長明が膝行して覗き込んだ。

「眉は薄く、鼻は細い……唇も薄いのですね」

「うむ、背はそなたよりも低い、身体も細く、どちらかといえば貧弱に見える、という風体であった」

「もう一人というのは」

「いや、そちらは深田屋とは関わりがないとみえる。たまたま一緒にいただけのことであろう」

「しかし、刃傷に加わったのですよね、見過ごしにしてはいけないのでは」

「ふむ、それはそうだな、だが、面長の男の身元がわかれば、そちらも明らかになろう」

「はい、なれど、共にいるかもしれませんし、それが手がかりになるやもしれません」

「うむ、それはそうか……」

登一郎は息子を見つめる。しっかりしてきたな……。

細めた目を文机に戻すと、一度置いた筆をまた執った。

「丸顔、体つきも丸みを帯びていた、目がぎょろりとしていたな」

丸顔、とつぶやいて長明は頷く。

その息子の顔を、父は横目で見た。

「よいか、目立ってはいかん、密かに屋敷を見張るのだ。といっても、張り付くのではなく、相手に怪しまれないように通り過ぎるだけだ。で、出入りする者を確かめる……できるか」

「はい」長明は胸を張る。

「もともと目立つ姿ではありませんし、大丈夫です」

そうか、と父は苦笑する。

「では、頼んだぞ」

「はい、なにやら腹がむずむずとしてきました」

息子は墨の乾くのを待ちきれないように、父の書いた紙を持ち上げた。

灯台（とうだい）に佐平が灯（あか）りをともした。と、同時に戸口から声が上がった。

「ごめんください」

お、と登一郎は顔を向ける。この声は暦売りの新吉だな……。

「入りなされ」

投げかけた声に、すぐに戸が開き、新吉が入って来た。

「お邪魔してもよいでしょうか」

「うむ、上がられよ」

頷く登一郎の前に、新吉はすぐに腰を下ろした。

「先日、深田屋が来てましたね」

ああ、そのことか、と登一郎は口を開く。

「礼にとやって来たので話をしたのだ。奉行所に届け出ていないというので、届けるように勧めた。怨みを抱いていそうな家を調べるように、ともな。したら、息子がすぐに調べてやって来たのだ。もう、届け出はすんだことだろう」

「なるほど……まあ、札差を憎む、怨む、というのはよくある話ですが」

「うむ」登一郎は声を低めた。

「書くつもりか」

新吉が仲間と読売を作って売っているのは、横丁の秘密だ。

「いや、まだどうするか……よほど、面白い話となれば書きますけど、札差と御武家の話じゃ、あまり期待はできませんね。どうせ金絡みでしょう」

「ふむ、それはそうか」

「はい、それよりも」新吉も声をひそめて、身を乗り出した。

「あたしは矢部様のことを書くつもりで……先月、御奉行様、遠山様がお越しになってましたよね」

遠山金四郎は永尾清兵衛と知り合いだ。金四郎が若い頃、町で遊んでいたときの仲間であったというのは、登一郎も聞いていた。

登一郎自身も、金四郎とは言葉を交わす仲だった。かつて作事奉行を務めたことのある金四郎に、登一郎が同役に就く際、助言を求めたこともある。城中では同じ旗本として、つきあいもあった。が、親しく酒を飲み交わしたのは、先月が初めてだった。気安い金四郎と清兵衛とのつきあいに、登一郎が加わったのだ。金四郎は、登一郎が老中の水野らと対立して隠居したことを知り、気を許すようになっていた。

「遠山様は矢部様の評定に加わっておいでなのですよね」

矢部は罪を問われ、評定所で詮議（せんぎ）されている。

詮議を先導しているのは、矢部定謙を排そうとする鳥居耀蔵や老中首座水野忠邦だが、評定には町奉行の出座が定められているため、遠山金四郎もそこに加わっていた。

新吉は眉を寄せる。

「遠山様はなにかおっしゃっておられましたか」

ううむ、と登一郎は口を結んだ。

その口元に、新吉はふっと苦笑して、乗り出していた身を戻した。

「やはり聞き出すのは無理ですよね。清兵衛さんもそうですが、御武家はやはり口の堅いところがさすがだ」

登一郎は目顔で頷く。

「まあ、遠山殿の気苦労が偲ばれた、というくらいは言ってもよかろう」

なるほど、と新吉は神妙な面持ちになった。

「道理に合わない仕儀だってのは、あたしらにだってわかる。お沙汰によっては、黙っているわけにゃあ、いきません」

力のこもった眼を、登一郎は見つめた。下手な武士よりも、よほど気概があるな……。

「うむ」登一郎も背筋を伸ばす。

「矢部殿に関しては、わたしも罷免の折、なにもせずにいたことを悔いている。今さらできることはなかろうが、なにか知ることがあれば知らせよう」

「はい」新吉は拳を握った。

「お願いします」

二人の眼が頷き合った。

二

町をぶらりと歩いて、登一郎は横丁へと戻って来た。と、その足が速まった。

外に易占いの見台が置かれ、清兵衛が座っている。

「清兵衛殿」

寄って行った登一郎を、清兵衛が見上げる。

「おう、これは登一郎殿、お出かけであったか」

「うむ、川が見たくなって、両国橋まで行ってきたのだ」

「ほう、天気がよいからな。わたしも陽を浴びたくなって、見台を出した。ずっと家の中にいると、黴が生えそうになるからな」

ははは、とともに笑う。

「しかり、わたしも掃き掃除をするのは、陽を浴びて風に当たるためだ。気持ちがよいものだと気づいてな」

頷き合っていながら、登一郎は目を横に流した。

一人の武士が、横丁の入り口を行ったり来たりしている。

登一郎と目が合うと、武士は近づいて来た。

「もし、のっぴき横丁というのは、こちらで間違いないでしょうか」

「うむ、さよう、誰をお訪ねか」

はぁ、と武士は辺りを見回して、小声になった。

「こちらに筆を振るわれるお方がいる、と聞いたのですが」

「ああ、代書屋の落山殿だな、案内いたそう」

登一郎は清兵衛と目顔を交わすと、歩き出した。

戸惑いつつ付いて来る武士に、登一郎は小さな笑顔を向ける。

「なに、わたしはこの横丁の者だ、心配はご無用」

すたすたと百谷落山の家の前に立つと、声を上げた。

「落山殿、おられようか」

はい、と中から声と足音が立つ。離縁状の一件から、落山と登一郎は気安くなっていた。清兵衛に倣って、落山は登一郎殿と呼ぶようにもなっていた。

戸を開けた落山に、登一郎は武士を目顔で示し、

「お客人だ」

と、ささやいた。

「これはどうも」

落山は、戸を大きく開けて、武士を招き入れる。

では、と登一郎は斜め前の自宅へと戻った。

「佐平、茶を淹れてくれ」登一郎は懐から包みを取り出す。

「海苔煎餅（のりせんべい）を買ってまいったぞ」

「へえ、そりゃ、けっこうな」

佐平はいそいそと台所に向かう。

煎餅をばりりとかじる登一郎の耳に、外から声が聞こえてきた。

「登一郎殿、落山です」

おう、と立ち上がって戸を開けると、眉の寄った落山がいた。

「お助けいただきたい」

「む、いかがなされた」

「とにかく、お越しを」

落山は家へと先立って行く。

付いて歩きながら、登一郎の眉も寄った。まずい客を案内してしまったか……。

「さ、奥へ」

落山に誘われて上がると、座敷には先ほどの武士が首を縮めて座っていた。

その武士を手で示しながら、

「こちらは大熊殿といわれるそうで、さる藩の江戸屋敷に詰めておられるとのこと
……さ、先ほど言いかけた話を詳しく聞かせてくだされ」

落山は登一郎を隣に招いて、大熊に促す。

はあ、と大熊は首を掻いて上目になる。

「わたしは勘定方の下っ端で、もう五年、江戸におります。したが、去年から国許で
改革というのが始まりまして、江戸屋敷にも及んできたのです」

水野忠邦が改革を大声で唱えてから、他の国々もそれを倣って改革を始めていた。

江戸に続いて質素倹約を掲げたのだ。

大熊は溜息を吐く。

「実は四月の参勤交代で、国許の役人が来ることになりまして、江戸屋敷の勘定、三年分を監察することになったのです」

「ほう、それは」

登一郎がつぶやく。監察を受ければ、粗を指摘されることになるのだろう、よくあることだ……。

「で……」大熊が顔を伏せる。

「このたび、それに備えて帳簿を改めたのですが、使い途が不明の金子があり……それが七十二両であることが明らかになったのです」

「七十二両」

登一郎が思わず声に出すと、落山が顔を歪めて頷いた。

「ゆえに、辻褄を合わせるために、受け取りの証文を作ってほしい、ということでしてな」

「なるほど……どこかの店に支払ったということにするのだな」

「はい」大熊は顔を上げる。

「あの、これはわたしどもの落ち度ではないのです。金子を持ち出すのは上役でして、こちらは用意しろ、と命じられて渡すだけ……上役は上役で、江戸家老様や奥向きの重臣に融通せよ、と命じられているのです」

「ふうむ、江戸家老や奥は、なにに使っているのか、わかっておられるのか」

腕を組んだ登一郎に、大熊は首を振る。

「いいえ、わかりません、御家老様はいろいろのおつきあいがあるのやもしれませんし、奥は御側室や若君姫君方が幾人もおられますので、使い途（みち）などは見当もつきません」

ううむ、と登一郎と落山は顔を見合わせる。

大熊は膝で寄って来る。

「上役はいつも速（すみ）やかに用立てるので、上からのお覚えがめでたいのです。いつも金子を工面しているのは、わたしどもも下っ端役人なのに……おまけにこたび、監察を受けるとなりましたら、わたしどもに、なんとかせい、と……そのひと言で終わりなのです」

ううむ、と登一郎と落山の顔が歪む。

「それは困ったことだな」

揃った声に、大熊は「はい」と大きく頷く。

「なので、金を支払ったことにせねばならないのです、江戸のお店（たな）の名で受け取り証文を作っていただきたく……」

「ふむ、そこだ」落山は登一郎を見る。

「なにしろ七十二両、だが、大金の支払いはまずいというのです。なれば、多くの店の受け取り証文を作らねばならんでしょう、そこで、登一郎殿に助けを求めた、という次第でしてな」

「なるほど、大熊殿、受け取りは何枚くらいご入り用なのか」

「はあ、それはこちらに」大熊が紙を広げる。

「せいぜい一軒に付き一両から三両までとして、七十二両に合わせて支払いの額を分けてみました。日付もお屋敷の行事などに合わせて振ってあります。それを四十枚ほど、作っていただきたいのです」

「四十枚」

登一郎の声に、落山が頷く。

「わたしは十五とおりほどは筆蹟(ひっせき)を変えることができます。そこから、文字遣いを変えたり、崩したりすれば、三十とおりくらいはできましょう。しかし、四十枚となると、すべて蹟(て)を変えるのは無理……なので」

落山は登一郎に向き直った。

「手を貸していただきたい。商家の証文なれば、漢字の使い方を変えたり、字の大きさを変えたりすれば、けっこうごまかせます」

　登一郎は唾を飲み込んで落山を見た。頭の中でいくつもの思いが回る。偽の証文ということか……いや、しかし、落山殿、十五とおり筆蹟を変えることができるとは、大したものだ、どこぞの祐筆(ゆうひつ)でもしていたのだろうか……。

　落山は顔を傾けて覗き込む。

「いかがでしょう、いや、店の名などはわたしが考えます、印も作ります、登一郎殿は筆を執っていただければ、それでようございますので」

「ううむ、しかし、偽証文(にせしょうもん)などを作ってよいものか」

　登一郎の唸り声に、大熊が額を畳につけた。

「お願いいたします、それがなければ、わたしや仲間が、どのような処分を受けることか……」

　その肩が震えている。

　落山が頷く。

「心配召されますな、のっぴきならなくなったお人が頼ってくるのが、こののっぴき横丁」

落山は胸を叩く。

「正しいか正しくないか、など、奉行でも閻魔様でもないわたしが決めることではありません。人を苦しめることには手は貸せませんが、助けるためならいくらでも融通を利かせるのが、この横丁の取り柄です」

あぁ、と顔を上げた大熊の目が滲んでいる。

その目が登一郎を見る。

潤んだ目に見つめられ、

「あいわかった」登一郎は頷いた。

「わたしは十枚、引き受ければよいのだな」

「ありがとうございます」

大熊に続いて落山の息も漏れる。

「やれやれ、助かりました」

その落山の顔が引き締まり、そっと大熊に寄った。

「ですが、この仕事、手間がかかるゆえ、そう安くはできませんぞ」

「あ、それは」大熊は腰を伸ばす。

「七十二両のうちの一両は、その分として乗せてあります」

落山と登一郎は顔を見合わせる。

「生きる知恵、ですな」

登一郎が目元を弛(ゆる)めると、落山も口元を弛めて頷いた。

三

二階の明るい窓辺で文机に向かっていると、下から佐平が上がって来た。

登一郎は偽証文を書く筆を止めた。

「先生、深田屋の松太郎さんがお見えですよ」

「うむ、今行く」

下に降りると、すでに座敷で正座した松太郎が、ちらりと登一郎を見つつ、

「お礼のお酒です」

大徳利(おおどっくり)を差し出した。

「おう、これはかたじけない」

「いえ」と、またちらりと見る。

「今日はご報告に……町奉行所に届けをすませましたので」

「ふむ、それはよかった」

大徳利を手で撫でる登一郎を、松太郎は顔を伏せがちに見る。

「あのう、それで、ですね、真木登一郎様に助けていただいた、ということも話したのです」

「うむ、かわまん、証立てに出る約束は忘れておらぬ」

「はあ……それも申し上げたのですが、したところ、お役人が小首をかしげて、声をひそめたのです。真木様は気は確かか、と」

あっ、と登一郎は額に手を当てた。

「そうであった」

天井を見上げる登一郎を、松太郎は上目で見つめる。膝の上でもじもじと手を合わせる松太郎に、登一郎は顔を戻した。

「いや、すまぬ、わたしには乱心したという噂があったのだ」

「はあ……いえ、おとっつぁんに聞いたら、小耳に挟んだとは言っていたのですが」

「うむ、城中でちと大声を出してな、水野様を怒らせたゆえ、皆が乱心だと判じたのだろう。わたしも隠居するつもりであったから、あえて否とは言わずに退いたのだ」

「ああ、そういうことでしたか」松太郎は面持ちを弛めて、息を大きく吐いた。

「安心しました、いえ、お役人には真木様がまっとうであられると申し上げましたが」

「いや、気を使わせたな」

「いえ……お役人には怨まれていそうな五人の名も告げました。調べる、と仰せでしたが、ただ……」松太郎の口が冷ややかに歪んだ。

「こちらが札差と知ると、眉を顰め、話を聞きながらもいかにも熱のないようすで……遠山様のご配下といえども、やはり御武家は御武家、どこまで真剣に探索をしてくれるのかと、心配になりました」

冷笑する松太郎に、登一郎は「ううむ」と唸る。

「まあ、こちらでもちと動いてるゆえ、なにかわかるかもしれん」

「そうですか」

「ああ、札差に対する怨みは逆怨み、それに刀を振るうなど、あってはならぬことだとわたしは思うている。札差を怨むより、世の仕組みをこそ怨み、そこからよりよい道を考えるべきなのだ」

「はい、わたしもそう思っていました」松太郎は顎を上げる。

「やはり真木様はほかの御武家とは違う、助けてくだすったのが真木様でよかったと、つくづく思います」

「いや……」

登一郎は照れを隠して苦笑する。と、その笑いを消して手を打った。

「そうか、わたしはそもそも普通とは違うゆえ、乱心の噂も広まり、未だ続いているのかもしれん」

「あ、なるほど……いえ、失礼を」

松太郎は口を押さえるが、堪えきれずに笑いが漏れている。

そこに別の笑い声が混じった。

茶を運んできた佐平が、肩を揺らして笑っていた。


佐平が夕餉の支度をする音に混じって、隣からしゃがれた声が聞こえてきた。拝み屋の弁天(べんてん)が唱え言葉を張り上げているのだ。

おばばの所に客が来ているのだな、と登一郎は壁に寄って行った。薄い壁で家同士の間も狭いため、大きな声はよく聞こえる。

「商売繁盛、商売はぁんじょぉぉー」

鈴の音も響く。それがやむと、

「これはありがたい白龍様のお札じゃ」

と弁天の声がした。

ほう、お札まで作っているのか……いや、形ある物のほうが代金を取りやすいということか……。

「じゃがのう」弁天の声が高まる。

「お札の力はあまり効かんかもしれん、おまえさんは人相が悪い」

「へっ」男の声が上がる。

「人相だぁ、親からもらった顔にケチをつけるたぁ、聞き捨てならねえぜ」

「ああ、顔立ちのことではない、顔つきのことじゃ」

「顔つき……」

「そうよ、おまえさんは普段から、そうやってすぐにくってかかるだろう、顔でわかる。目が吊り上がって、口がへの字に曲がっておるからな」

「な、なんでえ、人の顔にいちゃもんつけようってのか」

「そら、そこだ、そんなだから人相が悪くなるんじゃ。客が大根を買いに来たって、そんな顔で渡されたら、もう次からはほかの店に行こうと思うわい」

「なっ……てやんでえ、こちとら、小僧の頃からこの顔でやってきたんでえ、今さら変えられっか」

「ふうん、小僧か、幼い頃に奉公に出されて苦労をしたんじゃな、歯を食いしばって、肩肘張って生きてきたか、ならばそういう顔になってもしかたあるまい。じゃが、商売をするなら、まず福相（ふくそう）に変えることじゃ」

「ふ、福相……そりゃあ、どうするんでえ」

「まず、笑ってごらん。それで、言ってごらん、いいことを教えてもらってありがとうございます、てな」

「お、教えてって……そっちが勝手にしゃべってるんじゃねえか」

「ほらほら、また目が吊り上がっておる。腹から笑えと言うているんじゃない、笑顔を作ってみろ、と言うてるんじゃ……ほう、そうよ。その顔で話せば、声が高く柔らかくなるんじゃ、それ、ありがとうございます、と言うてみ」

「あ……ありがとうございます」

お、と登一郎は壁に手を当てた。ほほう、確かに、これまでより聞き心地のよい声になっておるわ……。

「そら、さっき教えたとおりに言うてみぃ」

弁天の声に、間を置いて男の声が応える。

「いいことを、教えてもらって……ありがとうございます」

「そうじゃ、できるじゃないか。お客にもな、うちで買ってもらってありがとうございます、とその顔で言うんじゃ」

「うちで……」

　男がぼそぼそと繰り返す。

「そうじゃ、わかったか」弁天の声が強まる。

「朝から晩まで、その顔で店に立て。それで、笑顔のままでお礼を言うんじゃ。それを続ければ、顔が変わって福相になる。商売繁盛はそこからじゃ」

　声がやんで静かになる。

　終わったか、と登一郎は壁を見つめる。と、

「これ」弁天の声が上がった。

「帰る前に、白龍様とわしに礼を言わんか」

「礼だぁ、おれは客だぞ、金だって払ったろうが」

「そぉら、人相が悪くなっておる」

　男の声が消えると、弁天の声が穏やかになった。

「まあ、すぐには変わらんじゃろう。したが、今は習いだと思うて言うてみろ」

「あ……ありがとござんした」

「そら、顔が変わった。それを忘れるでないぞ」

男の足音が鳴り、戸を開け、閉める音が聞こえてきた。

登一郎は壁から離れる。いつもながら面白いおばばだ……。

「おや」膳を持ってやって来た佐平がにやりと笑う。

「盗み聞きですね」

うほん、と登一郎は咳を払う。

「たまたま聞こえてきたのだ」

「いやぁ」佐平が膳を置く。

「あたしも先日、たまたま聞こえてきたんですけど、大店の主が来て、へそくりの隠し場所を相談してましたよ」

「ほほう」

顔を向ける登一郎に、佐平が面白そうに話を始めた。

四

朝の掃き掃除をしていた登一郎が、その手を止めた。

若い女が横丁に入って来て、きょろきょろと見回している。

こほんと、咳を払いながら、登一郎は近づいた。

「どこを訪ねてまいられた」

はあ、と女も近寄って来る。

「文を書いてほしいんです」

「ふむ、なれば、こちらだ」

登一郎は百谷落山の家へと案内する。

「落山殿、お客ですぞ」

呼びかけにすぐに戸が開いた。

女は歩み寄る。

「文を書いて届けてほしいんです」

む、と落山は眉を寄せた。と、その手を上げて、立ち去ろうとする登一郎に声を投げた。

「登一郎殿、お待ちくだされ」

踵（きびす）を返した登一郎を手で招き寄せ、落山は女と向き合った。

「わたしは書くことは請け負っているが、文を届けることまではしていない。こちらにお願いするがよかろう」

え、と目を開く登一郎に落山は頭を下げる。

「お頼みできませんか、わたしは、例の証文作りで忙しく……」

「なるほど……」

登一郎は頷く。以前、離縁状を届けたことも頭にあるのだろう、まあ、代書は面白そうだ……。

「うむ、引き受けましょう」

「あ、ならば」落山が耳元に口を寄せた。

「代金は取ってください、ただで書いてもらえると評判が立っては困るので」

「ふむ、承知、しかし、代金と言うても……」

「はい、短い物なら二十文、長くなれば四十文、八十文と、そのへんは案配で……あ、届け賃はご自由に」

「あいわかった」

登一郎もささやき返し、女に向き直った。

「わたしが引き受けるゆえ、こちらにおいでなさい」

戸惑う女を家に案内する。

座敷に上げると、登一郎は文机を前に置いた。女はかしこまっている。

「さて」登一郎は筆に墨を付けた。

「どなた宛の文ですかな」

「はい、あの……御奉行様……だった矢部様です」

えっ、と登一郎は目を見開く。

「矢部……南町奉行であられた矢部定謙殿のことか」

「はい」

深く頷く女を、登一郎は覗き込む。ふつうの町人の娘にしか見えない。

「あたしはあの……去年、矢部様に助けてもらったんです」

「去年……四月から十二月まで、矢部殿が南町奉行に就いておられた、その折のことか」

「そうです、あたし、吉原(よしわら)で火を付けて……」

あっ、と登一郎は声を上げた。

「あのお裁きの……娘の名は確かお蔦、であったか」

こくり、と娘は頷く。

「あたしです」

登一郎はその一件をたちまちに思い出した。

吉原の妓楼で、火の手が上がった。火を付けたのは抱えの遊女、十九歳のお蔦だった。

火はすぐに消され、大事には至らなかったものの、火付けは大罪、火あぶりの刑と決まっている。未遂でも死罪だ。

たちまちに捕らえられたお蔦は、南町奉行所で詮議されることとなった。奉行は矢部定謙だった。

詮議によってわかったのは、火付けのわけだった。

貧しい水呑み百姓の娘で、数年前に売られてきたお蔦のもとに、国の母から文が来たという。父が大病にかかったため金がいる、五両を新たに年季に乗せて、こちらに送ってほしい、という内容だった。

お蔦は楼主の六兵衛に頼み込んだが、貸すわけにはいかないと、すげなく断られた。

吉原の遊女は命が尽きるのが早い。十六、七で終わる命も少なくなく、多くは二十歳になる前にこの世を去って行く。すでに十九になっていたお蔦に五両の借金を乗せても取り戻せない、と楼主が考えたのも不思議ではない。

お蔦は居ても立ってもいられなくなった。こうしているあいだにも、父親は死んでしまうかもしれない。その前に、ひと目でも父に会いたい、との思いが火付けに繋がった。火事になれば、吉原を抜け出せる、と思い込んだのだ。

しかし、捕らえられたお蔦はそのふるまいを悔いていた。

〈心得違いをしました〉

と、火あぶりを覚悟し、抗うことはなかった。

詮議を終えた奉行の矢部は沙汰を下した。

〈火付けは大罪ゆえに、定めに従って刑は行わなければならぬが、病の親のために五両を送りたいというのは殊勝な心がけである。その五両はお上から貸すといたそう、親に送るがよい〉

さらに、矢部は続けた。

〈貸し付けるからには、処刑はそれを皆済したあとになる。今後、一年に一朱（十六分の一両）ずつ返済せよ〉

皆済するには八十年かかることになる。

この情け深い沙汰は瞬く間に江戸中に知れ渡り、人々は沸き立った。

登一郎の脳裏にそのときのことが甦る。

城中でも評判になり、登一郎も、

〈大岡越前守以来の名奉行が現れたな〉

と、仲間と語ったものだった。

しかし、武家の中には〈人気取り〉だの〈定めに従わぬとは不埒〉などと、陰で誹謗する者もあった。

そんなことを思い出しながら、登一郎はお蔦を見た。

「そうか、あのときの……して、今はどうしているのだ」

「はい、あれから吉原に戻されて、評判になってお客が増えて、そのうちの一人、今の旦那さんが身請けをしてくれたんです」

「ほう」

「それも妾じゃなくて女中としておいてもらってるんです。おかみさんが病がちなんで、あたしが家のことや子供の世話をして……」

「それはよい話だ」

「はい、お手当は年に一朱、もらってます」

そうか、と登一郎は目を細める。

「では、その折の礼を矢部殿に伝えたいのだな」

「ええ、あたし……いつか、ちゃんと会ってお礼をしたいって思ってたんです、けど、罷免なんてことになって、人に聞いてもこの先矢部様がどうなるかわからないって言うし……それならせめて、文で伝えたいと思って……」

お蔦は懐から巾着を取り出した。

「あの、お金はあります、おかみさんが時折お小遣いをくださるんで、貯めてるんです」

「ふむ、わかった。よし、文を書こう……しかし……」

登一郎は筆を持ちつつ、お蔦を見た。

「吉原にいたのであれば、文くらい書けるのではないか」

お蔦は眉を下げて首を振る。

「仮名は書けます。けど、漢字は恋しいとかお慕いするとか、早くお越しを、とかの決まったのだけ。花魁(おいらん)は別ですけど、あたしら下っ端女郎なんて、まともな文は書けやしません」

「ふうむ……よし、では伝えたいことを言うがよい」

ええと、とお蔦は下を向いた。

「お礼を……ありがたくて……」

今度は上を向く。口をもごもごと動かすが、言葉が出てこない。

登一郎は頷いた。

「では、まず、お蔦さんのことからだ。お裁きを受けたお蔦です、ということを伝えねばわからぬからな……で、その節はありがとうございました、と礼を言う……」

筆を滑らせる登一郎に、お蔦は「はい」と頷く。

「で」登一郎は筆に墨を付けた。

「今の暮らしを伝えておこう。さすれば、矢部殿も喜ばれよう。安穏(あんのん)に暮らしております、と」

「あんのん……」

「うむ、穏やかに心安らかに生きているということだ。して、重ねてお礼を申し上げる……これでよい」

筆を止めた登一郎はその手を差し出した。

「最後の名は自分で書くがよかろう」

「あ、はい」

膝で寄りながら、お蔦は筆を執った。

つた、とゆっくりと書いていく。

「あたし」お蔦が顔を上げた。

「ほんとの名はしげっていうんです。蔦は吉原でつけられた名で……けど、もうこっちのほうが馴染んでしまって」

「ほう、そうであったか、どちらもよい名だ」

「しげは田畑の物がよく茂るように、蔦はお客に絡んで離さないようにって……欲深くって、どっちもあまり好きじゃないけど……」

うつむくお蔦の顔を、登一郎は見つめた。

「いや、欲というのは望みだ。望みは生きる力になる。捨てたものではないぞ」

え、と上げたお蔦の顔が、少し弛んだ。微笑みの浮かんだ顔に、登一郎は文の紙を掲げて見せた。

「さ、では、これを届ける、よいか」

「はい、あの、矢部様のお屋敷をご存じなんですか」

「ふむ、ここだけの話だぞ」登一郎は、片目を細めた。

「わたしは以前、お城に上がっていたので、矢部殿といくども話しをしたものだ。お屋敷のことなども聞いたことがあるゆえ、見当は付いている」

「そうだったんですか」お蔦は頭を下げる。

「そうとは知らずご無礼を……よろしくお頼みします」

顔を上げると、懐から巾着を取り出した。

「それで、お代はいかほど」

「いや、矢部殿への文なら……」言いかけて、落山の言葉を思い出した。

「ううむ、そうさな、では二十文としよう」

「え、それでいいんですか、届けてももらうのに」

「よい、わたしも矢部殿の屋敷を訪ねてみたかったのだ」

はあ、とお蔦は二十文をそっと置いた。と、思い出したように、慌てて腰を上げた。

「あ、戻らないと……すいません、使いの途中で……」

「うむ、かまわぬ、さ、戻るがよい」

登一郎は置かれた二十文を握りしめると、それを掲げてお蔦に頷いた。

封をした文を懐に入れ、登一郎は長い塀の続く坂道を上がった。旗本の屋敷が並ぶ道だ。

辻を曲がって見えてきた門に、登一郎はあそこだな、と喉の奥でつぶやいた。

門は閉ざされている。評定所で詮議を受けている身であるため、出歩くことは許されていない。

門に近づいた登一郎は、おや、と足の運びを緩めた。

二人の門番が立っている。その目がこちらを捉えた。

登一郎は向かおうとしていた足の向きを変えた。

門の前を通り過ぎ、次の辻へと進む。

曲がりながら、登一郎は門を横目で見た。

あの目つき……矢部家の家人ではなさそうだな……。

横道に入り、登一郎は屋敷の裏へと回った。小さな裏門が見えてきた。

閉ざされた裏門の前で、登一郎は立ち止まった。扉に手を触れ、押してみる。が、内から錠が下ろされていて開かない。さて、どうするか、誰か出て来ればよいが……。

開く気配のない戸に、登一郎はまた歩き出す。辻まで行って、踵を返した。

戻って来て、また前に立つ。と、戸が動いた。

出て来た武士に、登一郎はあっと声を漏らして近づいた。いつも矢部の登下城の供に付いていた用人だ。名は知らないが、挨拶を交わしたこともある。

寄って来た登一郎に気づいて、用人もあっと声を上げた。

「真木様……」

「おう、覚えていてくださったか、その、そなたの名は失念したのだが」

失念ではなく、聞いたことがなかった。が、用人は心得て、

「岸部です」と、答え、顔を明るくした。

「真木様は殿をお訪ねくだすったのですか」

「うむ、人から文を預かったので、届けに来たのだ。表門に行ったのだが、門番がなにやら不穏の目つきをしていたので、こちらに回って来た」

「そうですか、さすがのご明察、あの者らは家人ではないのです」

岸部は歩き出すと、横に並んだ登一郎に小声でささやいた。

「以前は殿の身を案じて、お客人が次々にお見えだったのです。殿は身の潔白をその方々に話されました。当然のことです。で、それを聞いた方々も、外でそれを伝えてくだすった。殿のため、というご配慮でしょう。が、それが鳥居……様の耳に入ったようなのです」

「なるほど、妖怪にしてみれば面白くないに違いない」

はい、と岸部は語気を強める。

「なので、妖怪が手を回したのでしょう、お城から門番が遣わされたのです。伊賀者なのか甲賀者なのかわかりませんが、客の身元を問い、それを知らせるように命じられたようです」

「ふうむ、矢部殿に与する者を抑えようという気だな」

「はい、おそらく」岸部が顔を歪めた。

「妖怪もその上のお方も、罪をでっち上げ、殿を潰そうとしているのです。殿は世を直すことができるお方だというのに……いえ、それこそが邪魔なのだということは、わかっていますが」

岸部が拳を握る。

ううむ、と登一郎は唸った。

「岸部殿の言うとおり……なにもできぬ己が不甲斐ない」

「あ、いえ」岸部が顔を振る。

「我ら家人も皆、そう思うているのです」

岸部は辻を曲がると辺りを見回し、人気のないのを確かめた。

「それで、文というのはどなたからで」

ああ、と登一郎は封書を取り出す。

「いや、残念ながら役に立つようなものではない、矢部殿のお裁きで救われた女(おなご)からの礼状なのだ」

そうですか、と岸部はそれを受け取り素早く懐にしまう。

「なれど、殿にとっては一滴の甘露(かんろ)となるやもしれません、確かにお渡しいたします」

「うむ、お頼みいたす。矢部殿には、わたしからもよろしく言っていたとお伝えくだされ。御身(おんみ)、お大事に、と」

はっ、と岸部は礼をする。

「では、わたしはここで失礼を。使いがありまして」

岸部は坂道を足早に下りて行く。

登一郎はゆっくりとそのあとに続いた。坂の途中から城が見え、足を止める。目を眇(すが)め、口を曲げて城を眺めた。

五

家を出た登一郎は、横丁の端へと向かった。

清兵衛殿、おられようか……。そう思いつつ近づくと、清兵衛の声が表から聞こえてきた。

横丁の入り口で、そっと首を伸ばすと、表で見台に座り、客と向き合う清兵衛の姿が見えた。

終わるまで待つとしよう……。登一郎は表には出ずに、立ち止まった。

「ひでえもんでしょ」客の若い男の声が上がる。

「昨日なんざ、ちいと兄弟子と話しただけで、無駄口叩くんじゃねえって、木っ端を投げつけてきて、おでこに当たって、そら、血が出たんですぜ、いてえったらありゃしねえ」

「ふうむ、乱暴な親方だな、誰もがそのように叱られるのか」

清兵衛の問いに、男の声が高まる。

「いんや、あっしだけなんで、だから、腹が立つんでさ。なにかっていやぁ、手が遅いだの、雑だの、おめえは使えねえだの……こちとら、一所懸命にやってるってのに」

「ふうむ、なるほど」

「おまけに、ついてねえのは仕事だけじゃねえんで、長屋の隣に家移り(やうつ)して来たやつがうるさくて、でけえ声で独り言は言うし、でっけえ音で屁はこくし、布団をたたんでもどたばたと音を立てやがる」

「ほう、それは迷惑だな」

「そうでやしょう、それに、斜め向かいのばあさんが、朝っぱらからでかい声で念仏を唱えて、カンカンと鐘まで叩くときてる。前は遠慮があったのに、ぼけてきちまったのか、どんどん声がでかくなるんで」

「ふうむ、年寄りは耳が遠くなるからな」

「それに、最近、雨漏りがするようになっちまって、窓際のところでぽたりぽたりと落ちてくる、そいつを差配さんに言ってもなかなか直してもらえねえんでさ。もう、ついてないことばかりで、ほとほといやんなっちまって……どうすりゃ、運がよくなるか、教えてくだせえ」

「ふうむ、奉公している指物屋(さしものや)はいつから行っているのだ」

「へえ、十のときに小僧として入って、そっからずっといまさ。新しい小僧がけっこう入って来るもんで、一昨年、あっしは長屋に移ったんですけどね」

「十か……なれば、自ら望んでのことではないな」

「へい、うちは弟やら妹やらがいっぱいいて、口もいっぱいあるときてる。なもんで、あっしが口減らしで奉公に出されたんでしょう。おとっつぁんが誰かに口を利いてもらったみてえで、あっしはただ連れて行かれただけで」

「ふうむ、指物師になりたいと思ったことはおありか」

「へえ、そりゃ、長年、修業してきやしたから、立派な指物師になろうと思ってやす、いっぱしの指物師になりゃあ、それなりに稼げやすし」

「ふむ、指物の仕事は面白いとお思いか」

「面白い……いや、仕事だから、面白いもなにも……」

「ふうむ、では、ほかにやりたいことはなにかおありか」

「やりたいこと……いや、べつに」

「では、好きなことは」

「好きなこと……ああ、外を出歩くのは好きでさ。朝晩、遠回りをして、いろんな道を歩いてやす。あちこちのお店を覗いたり、出商いのお人と話したりするのは面白いもんでさ」

「ほう、しかし、指物師は家の中で一日中、簞笥やら箱物やらをつくっているのであろう」

「へえ、さいで。だからあっしは口もケツもむずむずしてきちまって、つい隣に話しかけて、親方からどやされるんでさ」

「ふうむ、なるほどな、あいわかった。そなたの運をよくするには、職を変えることだ」

「へっ」

「年季はもう明けておるのか」

「はあ、もう三年前に。だから、長屋にも移ったんで」

「なれば、辞めても障りはないな」

「やめ……いや、けど……辞めてどうしろってんで」

「うむ、出商いをすればよい。外を歩くのが好きで、人と話しをするのも好きなのであろう」

「え、まあ、そら……いやぁ、だけど、せっかく長年、修業してきたものをふいにするってのも……」

「ふむ、だが、向いてないのだと思うぞ。人よりも多く叱られるというのは、それゆえであろう。決して、運が悪いせいではない」

　男の声がくぐもった。

「ええっと、あっしのせいってこってすかい」

「早い話がそうだ。だが、そなたが悪いということではない。向いていないことを無理にすれば、うまくはいかぬ。うまくできぬから、親方も苛立つのであろう。それを考えれば、この先、いっぱしの指物師になる、という道にも苦労することになろう」

「や、そう言われちまうと確かに……け、けど、辞めたらこれまでの十何年をふいにすることになっちまう」

「時を損得で考えてはいかん。それに、人のすることに無駄なものはない、してきたことはなにかに役立つものだ」

「はあ、さいで」

「そなた、生まれの干支はなんだ」

「へい、午でさ」

「ほう、なれば今年は運気がよい。新たなことを始めるにはよい年だ」

「いやぁ、けど、いきなり職を変えろって言われても……」

道の遠くから、かけ声が聞こえてきた。

「苗やぁー、苗っ、とうもろこしの苗にぃ、なすきゅうりの苗ぇ、へちま冬瓜、白瓜の苗ぇー」

天秤棒に筵で作った箱を何段にも重ねた物を吊し、男が声を張り上げながらやって来る。三月四月にやって来る苗売りだ。

登一郎はそっと半分顔を出して、覗いた。

男が振り返って苗売りを見ている。

「どうだ」清兵衛の声だ。

「あのような出商いを自分がするのを思い描いてみよ」

「へえ……ああやって、一日、あちこち売り歩くんでしょうね」

反対側から別の声が聞こえてくる。

「深川名物かりんとう、かりかりかりかりかぁりかりっ、雨が降ってもかぁりかり」

上方から伝わって来たかりんとうは、江戸では深川で作られるようになった。

「ああ」男がつぶやく。

「かりんとう、うめえんだよな」

「江戸の町には数えきれぬほどの出商いがあるゆえ、なんでも選べよう」

清兵衛の言葉に、男が辺りを見回す。

ああ、と男の顔がほころんだ。

「面白そうだ、やってみてえや」

「うむ、やってみるがよい。人には向き不向きがある。好きということは向いているということだ。面白いものでな、同じことが好きな者同士は気が合うのだ。人とも合う合わぬがあるゆえ、人との関わりも変わるぞ」

「はあっ」男が息を吐く。

「そしたらもう、怒鳴られたり、木っ端を投げつけられたりすることはなくなるってえこってすね」

「さよう、運が変わるのだ。ああ、だが、長屋の悩みは変わらぬぞ、それはそなたがついていないせいではない、人の世の常だ。しかし、くさくさしながら暮らしていると、いちいちのことが気に障る、面白く暮らせば、小さな事は気にならなくなるものだ」

「はあ、なるほど……」男は天を仰いだ。

「そっか、そうだな、これまでよりもこの先のほうが長いんだもんな」

「うむ、しかり」

「よし」男は立ち上がった。

「おれぁ、出商いをやる。なにを売るか、考えてみまさ。ああ、考えるとだんだん、腹ん中が沸き立ってくる」

男は巾着を取り出した。

「見料(けんりょう)はいくらで」

「ふむ、十六文」

へい、と男は銭を置くと、勢いよく歩き出した。

遠ざかって行く足音に、登一郎は表に出た。

「清兵衛殿、相変わらずよい見立てですな」

お、と清兵衛は顔を上げた。

「聞いておられたか」

「うむ、終わるのを待とうと……午年は今年、運気がよいのだな」

「いや」清兵衛は笑う。

「あれは出まかせだ。そう言われれば、踏み出す力が出るからな。運気よりもやる気が大事、ということだ」

「なるほど」

登一郎は息子らの顔を思い出す。そう言ってやればよかったか……。と、その顔を振った。

「ああいや、話があったのだ。遠山殿はいつ頃お越しになられようか」

「金さんか……今月は北町が月番ゆえ難しいであろうな。いつもそうなのだ、月番が明けてからやって来るから、来月になろう」

「それはそうか、いや、よい酒が入ったので三人で、と思ったもので」

「ほう、それはよい話だ」

目を細める清兵衛に、

「なれば、来月に」

登一郎は頷いた。

「父上」

戸を開けて長明が飛び込んで来た。

「おう、どうした」

夕餉の膳に箸を置いた登一郎の前に、息子は滑り込むように座った。

「わかりましたよ、林田です」

「む、深田屋の件か」

「はい、父上から聞いた人相の男、林田家の息子でした。上野の屋敷から出て来るのを確かめました。おまけにあとをつけたら、近くの別の屋敷に行きまして、そこから丸顔の男と連れ立って出て来たのです」

「おう、なれば、丸顔のほうも素性がわかったのだな」

「はい、あとで父上からお借りした切絵図で確かめました」

長明は懐から切絵図を取り出して広げた。切絵図には武家の屋敷が一軒ずつ詳細に書かれており、主の名も記されている。武家を訪ねる者にとって、重宝する絵図だ。

長明はその一画を指で示した。

「ここが林田源五郎の屋敷、で、こちらが加瀬甲太郎という御家人の屋敷でした。丸顔はこの家の者です」

「よし、でかした」

いえ、と言いつつ、長明は胸を張る。

「二人は連れだって両国に出かけて行きました」

「ほう、そうか。米造さんも最初、両国ですれ違ったと言うていたな、それは間違いない。両国が遊び場なのだろう」

「ええ、矢場を覗いたり、芸人を見たりと、ぶらぶらしていました」

「ふむ、御家人の部屋住みとなれば、岡場所に上がる金もないだろうからな」

「金のないのはわたしもですが」長明は苦笑して肩をすくめる。

「あ、いいえ、上がりたいわけではありません」

慌てて手を上げて、長明は真顔になった。

「それよりも……実は、二人のあとをつけているうちに、林田のほうは、どこかで見た顔のように思えてきて、頭を巡らせたら、思い出したのです。わたしは以前、友に誘われて、鹿島神道流の道場に通ったことがあったではないですか」

「ふむ」

そうであったか、と思うが、覚えているふうに頷く。それを察したように、息子は苦笑した。

「そうだったのです、結局、半年保たずに辞めたのですが。で、あの男、その道場で見たのです」

「ほう、そうなのか」

「ええ、名は知らないままでしたが、あの顔は確かに……友はずっと道場に通っていましたから、訊いてみます」

「ふうむ、なにか手がかりがつかめるかもしれん。どのようないきさつで怨みを持ったのか……」

腕組みをしながら、登一郎は息子を見た。

「そなた、いまひとつ、使いを頼まれてくれぬか」

「はい、なんでしょう」

「蔵前の深田屋に行って、松太郎さんにここに来るよう、言付けてほしいのだ。ああ、だが、明日でよいぞ、もう暮れるからな」

「わかりました、では、明日の朝、行ってまいります」

嬉々とした息子の面持ちを、登一郎は覗き込む。

「こたびの探索、苦ではなかったか」

「いいえ、面白うございました。気が張り詰めて、背筋がぞくぞくとして……あとはなにをすればいいでしょう」

身を乗り出す息子に、父は苦笑する。

「ふむ、また、なにかあれば頼む」

「はい、いつでもお申し付けください」

長明は拳を握って、大きく頷いた。

第三章　偽の往来手形

一

朝餉を終えた登一郎は、ふと耳を澄ませた。

外から聞き覚えのある声が聞こえてくる。

戸を開けて踏み出すと、お縁の家の前で二人の男児が独楽で遊んでいた。一人はお縁が預かっている子、もう一人は、

「亀吉ではないか」

登一郎は寄って行く。

「あ、おじちゃん」

見上げる亀吉に、

「どうした」登一郎はしゃがんで顔を見る。

「おっかさん、また具合が悪くなったのか」

ううん、と亀吉はお縁の家を見る。と、その戸が開いた。

出て来たのは母のおあきだった。

「ああ、これからそちらにもご挨拶に伺おうと……」

その背後から男が姿を見せる。

立ち上がった登一郎は、四角い顔に、

「あ、下駄の……」言いかけて、口を噤んだ。

「はい」おあきが恥ずかしそうにうつむく。

「古着屋の孫六さんです」

孫六が出て来て、登一郎に腰を曲げる。

「おあきと亀吉がお世話になったそうで」

そこにお縁も出て来た。

「わざわざご挨拶に来てくだすったんですよ」

にこやかに、二人を見る。

亀吉は立ち上がると、孫六の横に立った。

「下駄のおじちゃん、おいらのおっとうになってくれるんだって」

「ほう、そういうことか」

登一郎も顔をほころばせる。

「はい」おあきがうっすらと赤らんだ顔で微笑む。

「こちらの横丁ではお世話になったので、お知らせしようと思って」

「いい知らせでなによりですよ」お縁も微笑む。

「亀ちゃんもうれしいでしょう」

「うん、下駄のおじちゃんに毎日、肩車してもらうんだ」

「これ」母が睨む。

「もう下駄だのおじちゃんだのと呼んじゃだめ、と言ったでしょう」

へへ、と亀吉は肩をすくめる。

「まあ、いいさ」孫六は亀吉の頭を撫でた。

「いきなり、おとっつぁんは無理だろ。ゆっくりやろう、な、亀吉」

「うん」

頷く亀吉は照れた笑いを見せている。

「うむ、よかったな、めでたいことだ」

登一郎は皆の顔を見る。

「ありがとうございました」

新たな夫婦は、そろって頭を下げた。

亀吉がそれを真似るとお縁が笑い出し、皆の声もそれに続いた。

「ごめんくださいまし」

昼過ぎ、深田屋の松太郎が戸を開けた。

「おう、待っていた、お上がりなされ」

「はい」

と、登一郎の向かいに正座した。

「狼藉者の素性がわかったそうですね」

む、と登一郎は長明の顔を思い浮かべる。あやつめ、そこまで話したか……。

その意を汲み取ったかのように、松太郎は首を振る。

「いえ、どういうご用かと、ご子息についお尋ねしたもので」

「さようであったか」登一郎は上野の切絵図を広げた。

「怨みを持ちそうな五人の屋敷を探らせたところ、林田源五郎の家から、あのときの若侍と同じ人相の男が出て来た、と。して、こちらの屋敷に……」

　切絵図に指を這わせると、松太郎は覗き込んだ。

「近くの屋敷ですね」

「うむ、こちらは加瀬甲太郎という御家人の屋敷で、入ったと思ったら、丸顔の男と出て来た、と」

「それは、あの折に一緒にいた男ですか」

　松太郎が顔を上げる。

「うむ、わたしが伝えた人相と同じであったということだ。二人連れだって両国に行ったとも」

「では、間違いないですね」松太郎は腕を組む。

「林田家でしたか」

「その家とはいかなる諍いがあったのだ」

「諍いというか、借り入れを申し込まれたのです、五十両。去年の三月に」

「ほう、五十両とは、大金だな。では、それを断ったということか」

「はい、すでに長年の貸し付けが多額になっていたので……いえ、父は場合によっては、とわけを尋ねたそうです。が、それに関しては答えがなく、父はわけがわからなければ、返済の見込みも見えないと、お断りしたそうです」

「ふうむ、それは道理だな」

「はい、あたしも改めて聞いて、父の判断に落ち度はない、と思いました。そのあと、どうされたのか、あたしどもにはわかりません」

「ふむ、ともかくあちらは怨みを持った、ということか」

「ですが、逆怨みでしょう、それは」

「うむ、確かに」登一郎も腕を組んだ。

「して、その林田源五郎はいかなる役に就いているのだ」

「あ」と松太郎は腕をほどいて身を乗り出した。

「作事方手代なのです」

「ほう、なんと」

「真木様は作事奉行であられたのですよね」

「うむ……」

　登一郎は目を伏せて、城中の役所を思い起こしていた。

　城や御殿、公儀の御蔵や橋など、木材を使って修理や普請するのが作事方の仕事た。その指揮を執るのが作事奉行だが、仕事が多岐にわたるため、多くの配下がいた。

「ああ、いえ」松太郎は身を戻した。「御奉行様がずっと下の手代を見知っているはずがありませんよね」

「ううむ、大工頭（だいくがしら）や勘定役などとは頻繁（ひんぱん）に言葉を交わすが、正直、手代と話をする機はあまりなくてな、覚えがない」

やはり、と頷く松太郎を登一郎は見返した。

「加瀬甲太郎のほうはどうか、深田屋の馴染みか」

いやぁ、と松太郎は首をひねる。

「このたび、調べたなかでは、名がなかったような気がしますが、戻って改めて帳簿を見てみます。うちの馴染みでなくとも、うちには『武鑑（ぶかん）』があるので、お役目などを調べてみます」

役人の名簿である『武鑑』には、老中から御家人まで、網羅（もうら）されている。

松太郎は、拳を握った。

「で、その両家の名は、町奉行所に知らせたほうがよいでしょうか。米造の怪我はよくなってきていますが、やはり不自由が残るようで、このままじゃ、あたしの腹が収まりません」

「いや」登一郎は首を振った。

「それはいま少し、待ったほうがよい。林田家が怨みを持つに至った五十両の件、調べてからにしたほうがよかろう。狼藉者の息子についても、手がかりがつかめたので、なにかわかるやもしれん」

「え、そうなんですか。では、あたしどもでも林田家について、話を聞き集めてみます」

「うむ、わたしも相手が作事方の役人となれば、じっとしてはおれぬ。松太郎さん、数日したら、また来てくだされ」

「はい、承知しました」

松太郎は声を張り上げて頷いた。

二

にぎわう町から、静かな屋敷の建ち並ぶ道に、登一郎は進んだ。

頭の中に、一人の顔が浮かんでいた。

作事奉行をしていた頃、下には多くの役人がいた。すぐ下の配下には作事下奉行もいたが、登一郎はそれを頭から消した。あの男は下の者らに厳しく情もないゆえ、林田のことなど知らぬだろう……。

屋敷の門を横目で見ながら、登一郎は前を通り過ぎた。以前、来たことのある屋敷だ。辻を曲がって、裏手に回り込んだ。

訊くなら、梶山殿以外にない……。

作事方大工頭の梶山は、町の大工を差配することもあるため、気さくだ。下の役人ともよく言葉を交わしていたのを覚えている。

小さな裏門の戸を押すと、それは開いた。

中に入って行くと、つかつかと庭へと進んだ。

夕暮れの縁側に人の姿が見える。

近づいた登一郎に、その人は腰を浮かせた。

「やっ、御奉行……いえ、真木様……」

目を丸くする梶山に、登一郎はにこやかに寄って行く。

「おう、いた。いきなり訪ねてすまぬ」

「い、いえ……あ、どうぞお上がりを」

うむ、と登一郎は庭から座敷へと上がった。

向かい合う梶山は、

「いや、驚きました」と、額の汗を拭う。

「なにか、わたしどもにご用が……」

「なに、ちと尋ねたいことがあるだけだ。梶山殿は手代の林田源五郎を知っておられるか」

「林田……、ああ、はい、存じてますが」

小首をかしげる梶山に、登一郎は首を伸ばす。

「どのような男だ」

ううむ、と梶山の首が右に左に揺れる。

「とりたてて目立つところもない、ごく普通の役人、といったところで」

「ふうむ、なにか、思い出すことはないか、役目のことでなくとも」

重なる登一郎の問いに、梶山は天井を見上げる。

「あ、そういえば」顔を戻す。

「去年、娘御(むすめご)が亡くなられた、と聞きました」

「娘御が……」

「はい、実は」梶山の声が低くなる。

「書役(かきやく)の者が、林田家の娘御を嫁にもらいたいと考えたそうです。長女がなかなかの器量よし、という噂を聞いたとかで」

「ほう、いく人もお子がおられるのだな」

「はい、そういえば子だくさんという話も聞いた気がします」

「ふむ、して、亡くなったというのはその長女であったのか」

「はい、林田殿に縁組みを打診したところ、長女はふた月前に亡くなった、と聞かされたそうです」

「ふた月前……聞いたのはいつの話であろう」

「確か、五月だったと……ええ、鯉のぼりが泳いでましたから」

「となると」登一郎は唾を飲み込んだ。

「亡くなったのは三月ということか」

ううむ、と顎を押さえる。松太郎から聞いたことが甦る。林田家から、五十両借り入れの申し込みがあったのは去年の三月……。

そうか、と登一郎は腹の中で手を打った。

わかったぞ、去年の三月、林田家の長女は重い病になった。そこで、金子(きんす)が必要になった。名医の薬礼(やくれい)は高いし、よい薬も値が張る。五十両が要りようになっても、不思議はない。しかし、深田屋が五十両を貸さなかったために、長女は手遅れとなり、命尽きた。となれば、怨みを抱くのも無理はない……。

　考え込む登一郎の顔を、梶山が覗き込む。

「あのぅ、真木様……」

「あ、ああ」

「林田殿がなにか……」

　眉を寄せる梶山に、登一郎は咳を払った。

「いや、いずれ知れるだろうが、林田家の息子がちと諍いを起こしたらしくてな。すまぬな、いろいろと訊いておきながら、これ以上は詳しく話せぬのだ」

「ああ、息子ですか」梶山はほっと息を吐いた。

「本人がなにやら不届きとしたのであれば、わたしの責めにもなりかねないので、ひやりとしました」

「おう、気を揉ませてすまぬことをした。役目とは関わりがないことだ、梶山殿に火の粉は及ばぬ」

「そうですか……なれば、もしもなにか耳に入りましたら、お知らせいたしましょうか」

「む……それは助かるが、わたしと関わるとなにを言われるかわからんぞ」

梶山はささやき声になると、片目を細めて見せた。

「こっそりと伺います」

「そうか」

苦笑する登一郎に、梶山は真顔になった。

「今も役所では、密かに真木様の話が交わされるのですよ、慕っている者らがいますから。我らは、真木様のご存念をわかっているつもりです」

「さようか」

登一郎の笑みから苦みが消えると、梶山の顔にも笑みが浮かんだ。

「はい。それに、真木様は、のっぴき横丁にお暮らしなのですよね、わたしは一度、行ってみたかったのです」

にっと梶山の目が笑う。

「そうか」

登一郎は頷くと「面白いぞ」とささやいた。

家の戸口に向かって、登一郎が進む。が、その足は上がり框で止まった。

その踵が返り、奥まで戻る。と、また向きを変えて、戸口へと歩く。再び立ち止まり、じっと、外の明るさを映す戸の障子を見つめた。

林田家の長女の話を、長明と松太郎に知らせたい気持ちが、腹の底でうずうずとうごめいていた。

いや、しかし、と己に言い聞かせる、あちらはあちらで動いているのだ、いずれにしても近いうちに来るはず、それを待てばよい……。

「先生、なにをしておいでで……さっきから行ったり来たり」

背後から佐平が覗き込む。

「む……考えごとだ」

「はあ、さいで」

佐平が肩をすくめて戻って行く。登一郎も足を動かそうとしたそのとき、障子に人影が映った。が、待っていた人影とは違い、二人並んだ影だった。

「ごめんください、先生はおられますか」

新吉の声だ。

「おう、入りなされ」

登一郎の応えにすぐに戸が開き、新吉と女房のおみねが入って来た。おみねが来たのは初めてだ。

「ほう、揃いとはまた……さ、上がりなさい」

座敷に導くと、二人は並んで座る。

おや、と登一郎はおみねの手元に目を向けた。小さな包みを膝に置き、それを広げ始めた。中から矢立と丸めた紙が現れた。

「いえ、実は」新吉が小声で言う。

「おみねが先生から話を聞きたいというもんで。先生は矢部定謙様と懇意なんですよね」

「いや、懇意というほどではない」登一郎は首を振る。

「だが、お城では同じ芙蓉の間が控え席であったゆえ、しばしば話はした。考えも合ったのでな」

「それなら」おみねが顔を上げた。

「矢部様のお顔立ちを教えてください」

ああ、そうか、と登一郎は頷く。おみねは絵が上手い。読売で絵筆を振るっているのもおみねだ。

新吉が声をさらに低める。

「前に言いましたが、矢部様のお沙汰が下りたら、それを知らせる読売を出します。

けれど、矢部様のお名前をそのまま書くわけにはいきません。なので、いつものように判じ絵を添えますが、今度は矢部様のお姿を入れたい、とこいつが言うもんで」

「ええ」おみねが頷く。

「矢部様のご無念を描きたいんですよ、そうしなきゃ、腹の虫が収まりませんからね」

「まあ」新吉も頷く。

「そいつはあたしも同じなんで……せっかく、矢部様を知るお方がいらっしゃるんだから教えていただこう、ということに話がまとまって、こうしてお邪魔した次第です」

「そうか、気合いが入っているな」

「ええ、こんなときにこそ腕を振るわなけりゃ……読売の力の見せどころってもんです」

「そうですとも、あたしだって気が入りますよ」

おみねは頷いて矢立ての蓋を開けた。持ち運びのための矢立は、小さな筆入れと墨壺が一緒になった物だ。

うむ、と登一郎は上目になった。

「矢部殿の面立ちは……顔の形は瓜実(うりざね)で色は白い、眉は細いが濃くきりりとしている。目は切れ長で力のある眼だ、鼻は細めで形がよい……」

　おみねは畳に広げた紙に筆を滑らせていく。

　鼻を描き終えたのを見て、登一郎は再び口を開いた。

「口は大きくもなく小さくもなく普通だ」

　口を描いたおみねが顔を上げる。

「耳は」

　え、と登一郎は首をひねった。

「耳……ううむ、耳は覚えておらぬ」

「それなら、大きくもなく、張ってもいないということですね」

　おみねの筆が動く。

「ふうむ」登一郎はそれを見つめた。

「なるほど、人相には耳も大事か、いや、よいことを知った」

　おみねの筆が髷(まげ)を描いていく。

「お年は五十を過ぎておいででしたね」

「うむ、確か五十四になられたはず」

登一郎の言葉に頷いたおみねは、鬢を薄く白髪混じりに描いていく。

「ほう、上手いものだ」

覗き込む登一郎に、おみねは紙の向きを変えた。

「似てますか」

「うむ、似ている。そうさな、首はもう少し太いな」

「わかりました、描くときに気をつけます」

おみねはほっとしたように筆をしまう。

「いや、助かりました」新吉が頭を下げた。

「なに、読売につけられる絵なんて、細かいところまで描けやしないんですけど、知ると知らないでは大違いだって、こいつが言うもんで」

「ええ、そりゃ、筆の勢いが変わりますから」

おみねは胸を張る。

その女房を新吉が微笑んで見る。

登一郎も夫婦に目を細めた。

三

文箱(ふばこ)を小脇に抱えて、登一郎は落山の家の前に立った。

戸が開いており、座敷に座った落山が見える。その顔がちらりと上がり、

「お、登一郎殿、お上がりくだされ」

目顔で招いた。

うむ、と上がり込んだ登一郎は落山の手元を見た。

小さな木切れになにかを彫っている。その手を止めると、細い彫り刀を掲げて笑顔になった。

「印ですよ、印」彫った面をこちらに向ける。

「例の受け取り証文に押すお店の印を作っているのです、そら」

傍らに大小いくつもの木切れが転がっているのを、目で示す。

ほう、とつまみ上げた登一郎は、上総屋(かずさや)と彫られた印を見つめた。

「器用なものだ」

「いや、昔、篆刻(てんこく)を学んだもので……普段から、末吉(すえきち)さんのところで出る木っ端(こっぱ)をも

らっているんですよ」

横丁の端にいる末吉は、戸や窓を作ったり直したりするのが仕事だ。

「なるほど」

印を置くと、登一郎は文箱を開けた。

「請け負った証文が書けたので持参したのだが、見ていただけるか……一応、筆蹟や文字遣いは変えたつもりだが、これでよいかどうか」

はい、と落山は差し出された紙の束を受け取った。

一枚ずつめくると、にっと笑った。

「はい、大丈夫でしょう。欲を言えば、字の大きさをもっと変えていただけると、よかったのですが」

「大きさ、か……変えたつもりではいたのだが、形のほうにより気がいっていたかもしれぬ」

「いえ、まあ、そういうものです」落山は自分の文箱を開ける。

「これはわたしの書いたもの……」

広げた証文はそれぞれに字の大きさが違っている。

「筆蹟の一番の違いは、字の大きさです。人によってひどく大きい字だったり、見えにくいくらい小さい字だったり」

「ほう、これほど変えるのか」

登一郎が目を見開くと、落山は頷いた。

「はい、大きさで筆の勢いも変わりますから、筆蹟も変えやすいのです」

証文を広げ、二人で覗き込む。と、そこに女の声が飛び込んで来た。

「ごめんくださいまし」

落山が慌てて証文をしまう。

「お邪魔します」と、ささやき声で女が二人、土間に入って来た。

「代書屋さんはこちらでしょうか」

「さよう」

落山は膝を回すと、並んだ二人を見た。

一人は三十半ば過ぎ、一人は十九くらいに見える女だ。年増は粋な風情で、娘は艶やかさがある。女二人は落山と登一郎を見ると、ほっとしたように顔を見合わせた。

落山は目元を弛ませ、

「お上がりなされ」

と、手で招く。

では、と登一郎が腰を浮かそうとすると、落山は、

「いや、いてくだすってかまいませんぞ」と、ささやいた。

「女はご老人がいると、安心いたしますゆえ」

むっ、と登一郎は口を曲げた。老人とはわたしのことか……。

腰を戻しつつ落山を見る。さして歳は変わらぬであろうに……。

落山の歳は四十ほどに見える。

だが、まあ、と登一郎は己に頷いた。まだ四十七といっても隠居した身、確かに登城しなくなって気が楽になったせいか、身も心も弛んだ気がする……。

登一郎は肩の力を抜いた。

年増の女が手をつく。

「お願いがあります、往来手形を書いてもらいたいんです、あたしらそれぞれに、一通ずつ。あたしの名はしげ、こっちはおのぶです」

「ふうむ」落山は二人を交互に見る。

「それぞれに、とな。お二方は姉妹、というには歳が離れているようだが」

「他人です」おのぶが言う。

「あたしは捕まって牢屋に入れられて、放免になったあと、お師匠さんの処に転がり

込んで世話になってたんです」

その言葉に、男二人は驚いて、まじまじとおのぶを見る。

「や、その髪は……」

落山は切られて下がった髷を指さした。夫を亡くした後家が、髪を落とした姿と同じだ。

「この娘は」おしげが柳眉を寄せておのぶを見た。

「娘義太夫の太夫だったんですよ、それがお上から禁止されて、見せしめでしょう、何人かの太夫がしょっ引かれて、牢屋敷に入れられて……抗った娘のなかには、こうして髪を切られた者までいるんですよ、まったくひどいったら」

うん、とおのぶは口惜しそうに顔を歪めた。

「あいつら、お触れだお定めだって威張り散らして……それにあたし……手込めにされそうになったから、ひっかいて蹴飛ばしてやったんだ、したらこうして……髪を切られて」

目から涙があふれ出した。

「あいつらとは……」登一郎が喉を震わせた。

「よもや役人のことではあるまいな」

「役人ですよ」おしげがきっぱりと言う。

「牢屋敷の役人が放り込まれた女を手込めにするのは、よくあることですよ。あたしゃ、出て来た女に聞いたんだ」

「なんと」

登一郎は拳を握る。

落山は知っているらしく、頷いた。

ふん、とおしげは鼻を鳴らした。

「あたしゃこの際、江戸とはおさらばすることにしたんだ。今度はあたしの番になりそうだからね」

「お師匠さんは、長唄を教えてるんです」おのぶがしゃくりあげながら言う。

「けど、新しいお定めで、長唄の師匠は弟子を取っちゃいけないってことになったから」

「そうさ、けど、そうなったら、おまんまを食べていけなくなるからね、大坂(おおさか)に行くことにしたんですよ」

「ううむ、なるほど」

落山と登一郎の声が揃った。

公儀は質素倹約のため、町人の娯楽を次々に禁止していた。

ついに長唄にまで及んだか……。登一郎は口を尖らせてつぶやいた。

「それで往来手形か……」

旅路で関所を通るためには、往来手形を携帯しなければならない。手形を持たない者は通ることができない決まりだ。

江戸でその手形を出してもらうには、人別帳を管理している寺に頼まなければならない。人別帳は町人の身分を明らかにするもので、そこから勘当や欠落で外されると、帳外と見なされ、無宿人となる。無宿人は、手形を得ることができない。が、無宿でなければ、旅のための往来手形を取ることはできた。

「宮参りのためとすれば、出るのではないか」

登一郎が落山を見る。伊勢参りや富士山に登る富士講など、参詣のための手形は、皆がよく取るものだ。

いやまあ、と落山は顔を歪める。

「昔は簡単だったそうですが、最近ではお上のお達しらしく、だんだんとうるさくなってきて、なんやかやと文句をつけられたり、出ても時がかかったりするそうです。まあ、厳しくされれば、それをくぐる道ができるもの。それで抜け参りが増えたのでしょうがな」

　手形を持たずに参詣の旅に出ることは、抜け参りと呼ばれ、近年ではその数が増えていた。

「ええ」おしげが眉を寄せる。

「うちの近所にも抜け参りで伊勢参りに行ってきた人がいて……男の人は、関所手前の宿なんかで、適当な手形を作ってもらえるんだそうです。まあ、それなりのお金は取られるらしいけど。けど、お金を払っても女はだめだって。ばれたら作ったほうも罰を受けるから」

入鉄砲出女（いりでっぽうでおんな）の言葉どおり、大名の妻が江戸を抜け出すのを防ぐために、女の関所越えは厳しく調べられる。

「あたしも前に、女のお客から聞いたことがあるんです」おのぶが続ける。

「手形がなかったから関所を逸（そ）れて抜け道を通ったんだけど、案内人にけっこうなお金を渡さなけりゃならなかったって。関所のたんびだから、お金がかかって大変だったって。その話をしてたら、ほかのお客さんが、この横丁のことを教えてくれたんです」

　ふうむ、と登一郎は眉間を狭めた。そういうことか……。偽の往来手形が出回っているという話は城中でもたびたび問題とされていた。

「それにあたし……」おのぶは首を縮めた。

「帳外にされたんです」

そう、とおしげが頷く。

「この子の親は薄情でね、子供の頃に義太夫のお師匠さんのところに放り込んで、いえ、それがうちの近所だったんですよ、それで、おのぶちゃんが稼げるようになったら、稼ぎは全部巻き上げちまってたんだから」

おのぶもこっくりと頷く。

「それなのに捕まったときには、すぐにあたしを家の人別帳から外したみたいなんです」

なるほど、と登一郎は喉の奥でつぶやく。罪に問われた子を勘当するのは、武家にも町人にもよくあることだ。連座で罪に問われることを恐れ、他人にしてしまうのだ。

おのぶはおしげを見た。

「それで、行く所がなくなって、昔からよくしてもらってたお師匠さんを頼ったんです」

「ううむ」登一郎は唸る。

「おしげさんは親御と違って情が深いのだな」

おしげは苦笑して肩をすくめた。

「いえ、あたしもおんなじ……無宿なんですよ。上尾（あげお）の宿場からずいぶん前に逃げて来て……」

「ほうほう」落山が声を出した。

「ようわかった、往来手形を作るとしましょう」

落山は文机を引き寄せて筆を執る。

「わたしの手形はそこいらの偽手形と違って、ばれたりはしませんからな、安心なさい」

言いつつ、二人の顔を見る。

「ふむ、少し面立ちが似ているから、叔母と姪（めい）ということにすればよい。そうだ、それに、おのぶさん、あんたは寡婦（かふ）になりなさい」

えっ、と目を丸くするおのぶの短い髷を指でさした。

「亭主に死なれて、髪を切った、と。そうだな、亭主は浪人だったことにするのがよい、せっかく夫婦になったのに刃傷沙汰に巻き込まれて、命を落とした、とな。で、亭主の生まれ故郷は堺（さかい）、大坂の隣だ。江戸に出て来て、いろいろな仕事をしているうちにおのぶさんと出会って所帯を持った。しかし、亭主が死んでしまったために、故郷の母親に会いに行く、あちらで母親の世話をするつもりだ、と。それと、おしげさん……」

まくし立てる言葉に同じく目を丸くしていたおしげを、落山は見た。

「あんたは商家に嫁いでいたが、離縁されたことにすればよい。で、堺に行くという姪とともに、移ることにした、と。どうだ、これなら期限はなし、あっちに住むことができる」

往来手形には、旅の期限を記すことになっている。

「はあ」

女二人は顔を見合わせて頷く。

「うむ、そうだ」

落山は手を打つと、身体をひねり、後ろの箱から小さな木切れを取り出した。

「位牌(いはい)だ」

木切れを組み合わせただけだが、位牌の形はしている。

「これに亭主の戒名(かいみょう)を書いてやろう、これを堺の家に納めると言って、見せてやればよい」

おしげが制するように手を上げて、身を乗り出した。

「あ、あの、あたしらそんなにお金がないんです、手形は一枚百文って聞いたんで、その二枚分しか……」

「ああ、百文ね」落山は目で笑う。

「値は人によりけり、困っている女からはそんなにいただきませんよ、二枚で八十文、位牌はおまけだ」

女二人は、えっと、さらに目を丸くして頷く。登一郎も同じ面持ちで、落山を見た。

筆を手にした落山はブツブツとつぶやく。

「戒名は……うむ、徳栄正道信士(とくえいしょうどうしんじ)としよう」

落山は位牌に、筆を下ろした。

見つめる登一郎は、おや、とつぶやいた。頭に梵字(ぼんじ)を書き、その下に戒名を続けていく。

梵字も書けるのか、と登一郎はまじまじと横顔を見つめた。

「これでよし、あとは手形だ」

位牌を置くと、落山は紙を広げた。

「江戸の住まいは本所(ほんじょ)にしておく、あの辺りは寺が多いからな」

すらすらと先ほど言った内容を簡単にして書いていく。

寺の名もためらうことなく記した。

「その寺は」登一郎が思わず声を出した。

「真にある寺なのか」

「はい」落山は笑う。

「本所にあるお寺の名です。大丈夫、印もありますよ」

ふうむ、と登一郎は女のほうを見た。

おしげとおのぶは面持ちを弛め、手を取り合っている。

「よかったね」

頷くおのぶの目が潤んでいる。

「さて、どうだ」落山は偽手形を手に広げて見せた。

「これでよかろう」

はい、と二人は頷く。

「助かりました、これで生きていけます」

そう言うおしげの手を、おのぶがぎゅっと握る。

「うん、首括らないですんだね」

「首などと」落山は顔を振った。

「そんなふうに、思い詰めてはいかん。こっちがだめならあっちに移ればいいだけのこと。道なんぞ、どこにでも繋がるものだ、そら、これは道の絵図と思えばいい」

おしげとおのぶは差し出された往来手形を受け取り、大事そうに胸に当てた。落山は満足げに位牌を見ると、それも「ほれ」と渡した。

登一郎は落山の向こうにある箱に首を伸ばした。中には同じような位牌やら、木札やらが入っている。

つかめないお人だ……。登一郎は、首をひねりつつも、落山の笑顔につられていた。

四

湯屋から戻って来た登一郎は、戸を開けてすぐに「お」と声を漏らした。土間に見覚えのある草履が脱ぎ捨てられていた。

「長明、来ていたのか」

「父上、お戻りですか」

父子の声が重なる。

　向かい合った息子は、膝でにじり寄った。

「父上、わかりました、林田家の息子、源吾という名でした」

「源五郎の息子が源吾か」

「はい、で、その林田源吾、三男で、ある御家人の家に養子に入ることが決まっていたそうです」

「養子」

「ええ、林田家よりも少し禄の多い家だったそうです」

「だった、ということは、その話、流れたのか」

「はい、去年の夏に取りやめになったらしいのです。まあ、話をしてくれた友も、林田源吾と親しいわけではなく、道場仲間から聞いたということでしたが」

　ふうむ、と登一郎は顎を撫でる。

「それはちと意外……」

「意外、ですか」

「うむ、実はわたしも林田家のことを、知っていそうな者に訊いたのだ。したところ去年、長女が亡くなったということがわかってな……」

　登一郎は梶山から聞いた話を、息子に伝える。

「へえ、そのようなことがあったのですか」

「うむ、病となれば、金子が要りようになる。朝鮮人参(ちょうせんにんじん)などは値が張るが、娘を助けるために手に入れたいと考えても不思議はない」

「はあ、人参ですか……人参服(の)んで首括る、という言い回しもありますね」

身体のために高価な人参を服んで助かったものの、支払いができなくなって首を括るはめになる、という皮肉を表す言葉だ。

「うむ、親であれば、手を尽くしたいと思うであろう」

父の言葉に、息子は頷いた。

「では、五十両を借りられなかったゆえにその長女が亡くなり、それゆえの怨み、ということですか」

「そうであろう、腑(ふ)に落ちる話だ」

「そうですね、では、源吾の養子話が流れたこととは関わりがなかった、ということでしょうか」

「ううむ、そこはどうか……」腕を組む。

「もしかすれば、なんらかの関わりがあるのやもしれぬ。いや、娘御の話ですっきりと得心した気でいたのだが、なにやらひっかかりができたな」

「そうですね」長明は眉を寄せる。

「もっとなにかわかればよいのですが」

「ふむ、まあ、松太郎さんも調べてみると言うていたから、そちらも待つとしよう。と、源吾とともにいた加瀬の倅のほうはなにかわかったか」

「いえ、そちらはまだ。同じ道場ではない、というのはわかったので、これから探ってみます」

「うむ、まあ、名がわかるだけでもよい」

「はい」頷いた長明は、上目遣いになった。

「あの、両国に旨そうな天ぷら屋が出ていたのですが」

「ほう、天ぷらか、海老はあったか」

「はい、大きいのが」

よし、と父は立ち上がった。

「では、食べに行こう」

「はい」

息子も跳ねるように立った。

朝の掃き掃除をしていた登一郎が手を止めた。

煮売り屋が「煮売りぃ」と声を上げながらやって来る。

登一郎が待つ姿に、煮売り屋は「毎度」と前に立った。

「今日も五目豆を作ってきておりやす」

「ほう、ではもらおう、それと一昨日の蓮根のきんぴらはあるか、あれが旨かった」

「へい、ありやす」

煮売り屋は登一郎と目を合わせて頷いた。

登一郎も改めてその顔を見る。

煮売り屋は新吉が作っている読売の仲間だ。家の二階で作っていることに、登一郎は気がついていた。先月、町で売った読売を買った折には、この煮売り屋から受け取っていた。読売の常で顔を隠すための深編笠を被っていたが、登一郎は気づき、目が合った煮売り屋のほうも、気づかれたことを悟っていた。しかし、公儀から睨まれている読売に対しては、横丁でも知らぬふうを通すことが、暗黙の了解になっていた。

声が聞こえたらしく、家の中から皿を持った佐平が出て来る。

経木の包みを渡し、金を受け取った煮売り屋は、

「まいどあり」

と言って、向かいで呼ぶお縁のほうへと歩き出した。

しゃきしゃきと蓮根を嚙み、登一郎は朝飼の膳に箸を置いた。

「やはり、きんぴらがうまい」

「はい、唐辛子を利かせてあるのがようござんすね」

ふむ、と茶をすすっていると、戸口に声がかかった。

「ごめんくださいまし」

はい、と佐平が戸を開けると、入って来たのは煮売り屋だった。

「どうも、蓮根のきんぴらが余ったので持って来ました」

登一郎を捉えるその目に、

「ほう、お上がりなさい」

と、頷いた。きんぴらは口実に違いない、と腹の底がうずうずとしてくる。

「きんぴらはおまけですんで、どうぞ召し上がってください」

佐平に渡すと、煮売り屋は登一郎の前に座った。

登一郎は声を落とすと、身を乗り出した。

「名を聞いてもよろしいか」

「へい、文七といいます」低い声で答える。

「新吉さんのとこで、おみねさんの描いた絵を見せてもらいました。先生にいろいろと聞いたそうで。あ、あたしも先生と呼んでかまいませんか」

「うむ、かまわん。名には値しないが、渾名と思うている」

面持ちを弛めると、文七も同じになった。

「いえ、新さんにあたしもいろいろ聞きたいと言ったら、先生は気さくなお人だから、訪ねてみろと言われたもんで」

「ふむ、なにが聞きたいのだ」

「実は……」文七はさらに声を低くする。

「読売の文を書いているのはあたしなんです」

ほう、と登一郎は目を見開いた。

「さようであったか……いや、わたしは先の読売を読んで感心したのだ。文は乱れがなく、格調もありながら、誰にもわかりやすいように書いてある。お城の役人とて、なかなかああは書けぬ」

「いやぁ」文七の目元が弛む。

「そんなに褒められるほどのことじゃあ……」

どこで学んだのだ、と口に出かかって、登一郎はそれを呑み込んだ。横丁では昔を問うてはいけない、と清兵衛に釘を刺されていたのを思い出していた。

と、文七が真顔になった。

「お邪魔したのは矢部定謙様のことでして、あたしもいろいろとお聞きしたいんです。去年、罷免されたのは、前の町奉行だった筒井政憲様の不手際のせいだったんですよね。けど、その不手際、六年も前のことなんですよね。あの大飢饉の折のこってしょう」

天保の四年（一八三三）から、大雨や冷害によって米が不作に陥った。飢饉となり、さらにそれは何年も続いた。各地で餓死者が続出し、救済を求めて多くの人々が江戸に押し寄せた。

天保七年、公儀によって江戸の町に御救小屋が作られ、二十一カ所、五千八百人の人がそこに身を寄せた。が、それでも全く足りずに、多くの人々が倒れていった。全国で七十万を超える人々が、飢餓に喘いだ惨状だった。

「そのときに、南町奉行だったのが筒井政憲様だったんですよね。で、筒井様は与力の仁杉五郎左衛門に御救小屋の差配をお命じになった、と」

「さよう、仁杉殿は人々に配る粥のため、各地から米を買い集めたのだ。その際、予想以上の出費があったため、帳簿上で処理をしたらしい。いや、帳面上の数合わせは役所ではよくあることなのだ」

「はい、町の商家でも、そんなのはよくやります。算（さん）なんて、そうそうきっちりと合うもんじゃありませんからね。で、矢部様は、そのとき勘定奉行所のお役人だったんですよね」

「うむ、矢部殿は勝手方（かってがた）だった。支出やら帳簿やら、財務の全体を見る役だ。まあ、そこを突かれた、ということだ」

「矢部様が帳尻合わせを見逃したっていうことが、罪に問われたんですか」

「うむ。だが、見逃した、というよりも、見て見ぬ振りをした、というのが真のことだ。役所ならばどこでも行われていることであるし、不始末というほどのことですらない」

「それなのに、不届き、とされたわけですよね。それをやったのは仁杉様であり、命じたのは筒井様なのに」

　顔を歪める文七に、登一郎もつられて眉を寄せた。

「うむ。まあ、こたびの評定では筒井殿も詮議を受けているが」

「いやぁ」文七の声は、もう抑えきれないとばかりに高まった。

「やっぱり納得はできませんや。それで矢部様が罷免されるなんざ、おかしいにもほどがあるってもんだ。鳥居耀蔵と水野忠邦が、従おうとしない矢部様を追っ払いたかったってだけでしょう。なおかつ、鳥居の妖怪野郎は、てめえが南町奉行の座をつかめるってんで」

　ううむ、と登一郎は目顔で頷く。町の者らはよくわかっているな、と改めて思う。

　文七はひと息吸い込むと、再び声を落とした。

「矢部様は無実を訴えているって聞いたんですけど、それは本当ですか」

　む、と登一郎は腕を組んだ。

「まあ、帳簿の不正が行われたのは事実、それを不問に付したのも事実……それを否と仰せなわけではあるまい。しかし、そのような些末（さまつ）な古いことを持ち出して罷免されたことには、到底、納得はされておられまい。その存念を見舞いに訪れたお人に語っていると、わたしも聞いてはいる」

「ああ、やっぱり」文七は頷く。

「そらぁ、そうでしょう。あたしら町のもんが聞いたって、おかしい話なんだ。矢部様はさぞ、口惜しい思いをされているでしょうに」

　うむ、と頷く登一郎を、文七は覗き込んだ。

「けど、もう一つ、納得いかないのは、御武家さん方でさ。こんな道理に合わないことを通しちまうなんて、お城には正義ってもんがないんですかね」

　ぐっと、登一郎は喉を詰まらせた。言葉が出てこない。

　ああ、と文七は息を吐く。

「いや、先生がお城にケツをまくったのは知ってまさ。一緒にしちゃあいけねえってのは、わかってるんで」

　首を振る文七に、登一郎はなおも言葉を出せない。投げ捨てて逃げただけのこと、と胸中で別の自分がつぶやいていた。

　文七が姿勢を正した。

「もう一つだけ、聞かせてください。矢部様はどんなお方ですかい」

「うむ」やっと声が出た。

「頭はたいそう切れるが傲ったところがない。矢部殿は大坂西町奉行や堺奉行を務められたことがあるのだが、数々のよいお裁きをされてきた。ある日、水戸の藤田東湖殿が矢部殿と話され、お沙汰を褒めたそうだ。すると、矢部殿は己の手際ではない、沙汰が評判になるのは恥ずべきことだ、と仰せになったそうだ」

「へえ、なんとも謙虚ですね」

「うむ、そういうお人柄だ。おまけに情も深く民への思い遣りも厚い。それに曲がったことが嫌いで筋を通す、というお方だ」

　文七はゆっくりと頷いた。

「直に知っているお人から聞けば、納得です。いや、これで筆がふるえまさ」

　ぺこりと頭を下げ、笑顔でその顔を上げた。

「知っているのと知らないのとでは、筆の勢いが変わりますんで」

　ほう、と登一郎はおみねが同じようなことを言っていたのを思い出す。読売の心意気か……。

「矢部殿に関しては、わたしも手をこまねいてしまったという忸怩たる思いがある。役に立てたのであれば、よかった」

　はい、と文七は腰を上げた。

「次の読売は、あたしらの意気を見せますよ」

　振り上げる拳を、登一郎は見上げて頷いた。

「うむ、買うぞ」

　その言葉に、文七はにっと笑った。

「いいえ、差し上げますよ」

五

「父上」

飛び込んで来た長明が、勢いのまま座敷に上がり込む。

「おう、どうした」

見上げる登一郎の前に、滑り込むように座った。

「わかりましたよ、加瀬の息子の名が」長明は息を整える。

「屋敷からそっとあとをつけたのです。すると、天然理心流(てんねんりしんりゅう)の道場に行ったのです。わたしの知己(ちき)がそこに通っているのを思い出したので、出て来るのを待ちました」

「ほう」

「で、幸いなことにその知り合いが先に出て来たので、呼び止めて物陰に身をひそめ、加瀬が出て来るのを待ったのです」

「ほほう、隠密(おんみつ)のようだな」

「はい、背を向けて、相手に顔を見られないようにしました。で、横目で見ながら、相手が出て来るのを待ち、出て来たところを知り合いに見てもらいました。で、名がわかったのです。加瀬勝之助というそうです。加瀬家の次男だそうで」

「おう、そうか。よくやった」

膝を叩く父に、長明は胸を張る。

「はい。父上、あとはなにを調べましょう」

「いや……もうよい」

父の言葉に、息子は首を伸ばす。

「え、されど……」

「いや、深田屋のほうでも調べているはずだから、十分だ。これ以上、首を突っ込まずともよい」

長明は肩を落とした。

「そうですか……もっと働きたかったのですが」

「ふうむ、働きか」

登一郎は意外な思いで息子を見た。部屋住みとして、ずっとふらふらとしていたというのに……。

長明は首筋を掻く。

「いえ、やるべき役目があるというのはよいことだと、こたびでつくづく思ったのです。成果を得れば、喜びもありますし」

「ふむ、仕事のやりがいということだな。では、どこか養子に入るか」

「あ、いえ」長明は慌てて首を振る。

「それはわたしも考えたのです。ですが、兄上を見ていると、それは少し違うように思えて……」

長男の林太郎は、登一郎が家督を譲ったあと、大番士の役に就き、城勤めをしている。

「兄上はもともと笑顔のないお方でしたが、お城に上がるようになってから、ますます不機嫌な日が多くなったように見受けます」

ふうむ、と登一郎は口を曲げる。真木家の跡継ぎゆえに厳しく育てたせいか、長男は堅苦しい。家督を譲ると言ったときには、ますます肩に力が入ったのがわかった。

「馴れぬ役所勤めゆえ、気が張っているのだろう。まあ、役人の暮らしは馴れたからといって楽になるわけではないが」

「やはり、そうですか」

「ふむ、出世を競うことになるから、妬みや嫉みも生まれる。そのために、手柄の取り合いや足の引っ張り合いなども起こるからな」

ううん、と長明は首をひねる。

「やはりそうですか、わたしはそういうのはどうも……なので、役人には向かないと思うのです」

「そうだな、わたしもそなたは城勤めには向かぬと思うぞ」

「はあ、なれど、仕事はしたい、と……どうすればよいでしょう」

右に左にひねる顔に、登一郎は微笑んだ。

「そう思うようになったのが始まりだ、これから道を探せばよい」

登一郎は腰を浮かせた。

「道を探すためには、世を知ることも大事だ。どれ、町を歩こうではないか、ちと、買いたい物もあるし、ついでにどこかで中食をとろう」

「はい」

息子も父に続いて立ち上がった。

横丁を出て、親子は日本橋へと向かった。

大店が軒を並べるあいだに、中小の店も入り込んでいる。常に多くの人が行き交い、にぎわいが絶えない。

やあ、と長明は一軒の書肆の前で足を緩めた。棚には多くの書物が並べられている。

「本の仕事もよいですね」

息子の言葉に、父は頷きつつも苦笑した。

「本といっても書く者、版を彫る者、摺る者、綴じる者、売る者など、さまざまな仕事があろうがな」

「ううむ、どれもひとつ所で地道にやる仕事ですね、わたしには向かないかもしれない……」

書肆の中から、荷物を背負った男が出て来る。

「あ、貸本屋という道もありますね。町中を歩くのは面白そうだ」

本は高価であるため、町の人々は貸本屋から借りて読むのが普通だ。

登一郎は眉根を寄せて、小声になった。

「そなた、蘭学を学びたいと言うていたではないか」

蘭学は老中水野忠邦が力を振るうようになってから、抑圧されていた。かつて、松平定信は、儒学の内の朱子学こそ大事、とし、学問所から朱子学以外の学問を排した。寛政異学の禁、と呼ばれるその政策を、水野忠邦も真似ているのだと噂されていた。さらに蘭学嫌いの鳥居耀蔵が南町奉行となってからは、その禁が厳しくなった。薬屋の阿蘭陀語をまじえた看板まで禁止し、撤去させられた。蘭学者は教えることを禁じられ、堂々と学ぶことも許されなくなっていた。

「はい、その思いはまだあります。なれど、最近、気づいたのです。蘭学者になることを望んでいたのは、学者なれば武士の面目が保てる、それゆえ、よい道だと考えたのだと……」

「ほう、その考えが変わったのか」

はい、と長明は小さく笑う。

「父上が町暮らしを始められて、町人を見る目が変わりました。皆、生き生きとしており、勢いがある。いっそ町人になるのもよいかと、最近は思います。苦虫でも嚙んだような兄上の顔を見ると、いっそうに」

「苦虫か、真二郎はいかがしている」

次男の真二郎は負けず嫌いの質もあり、昔からよい家の養子に入るために、文武に励んできた。登一郎はその姿を思い起こす。

「わたしが重臣方を敵に回したゆえ、養子の望みは薄くなったであろう。怨んでおるのではないか」

登一郎が最初に抗したのは、勘定奉行の跡部大膳だった。大膳は跡部家に養子に入ったものの、老中首座水野忠邦の実弟だ。それを笠に着て、傲岸なふるまいが多かった。理不尽なそのふるまいを、登一郎は城中で正面切って批判した。追従(ついしょう)されることしか知らない跡部は怒り、登一郎を罷免し左遷(させん)する策を練った。それを知った登一郎は隠居を決め、こうなれば、と老中水野にも物申したあげく、病を装って隠居したのだった。

武家は、上から睨まれた家とはつきあいを避けるのが常だ。親しくすれば、同じように睨まれかねず、出世の道も閉ざされる恐れもあるゆえに、掌(てのひら)を返すことも珍しくない。

「ああ」長明は肩をすくめる。

「真二郎兄上は最近、武術を捨てたようです。道場には行かず、もっぱら学問所に通っています。養子の道はあきらめて、学問で身を立てようと考えたのではないでしょうか」

「ほう」

「父上が家を出られた当初は、確かに目が吊り上がっていましたが、それがつい最近、変わってきたのです。先を見据えた眼、とでもいうのでしょうか」

「ほほう、そうか」登一郎はほっと息を吐いた。

「なればよいが……あれが一番、心配であった」

「え、そうなのですか、わたしが一番心配をかけているのではないか、と思っていたのですが」

目を丸くする息子に、父は小さく笑った。

「いや、そなたは大丈夫であろう。照代も長明は転んでもすぐに起き上がって歩き出す子だ、と申していた」

「母上が」

「うむ、幼い頃、叱ってもそなたはすぐにけろりとして別のことを始める、とも言うていたな。きっと心持ちが丸いのだ、と笑っていた」

「へえ、そうでしたか」

「そういえば」咳を払う。

「照代はどうしている」

「はい、母上もお変わりなくご息災(そくさい)で。今度、大川(おおかわ)の船遊びに行くので供をせよ、と言われております」

ははは、と登一郎は笑う。

「変わりなく、ではなく、ますます息災、ということだな」

「はあ、まあ」長明は首をすくめた。

「そういえば父上、買い物はよいのですか」

「ああ、帰りに酒を買うだけだ。さて、中食はどこにするか」

「なれば、両国に行きましょう」

父と息子は、辻を曲がった。


登一郎は酒徳利を下げて、声を上げた。

「清兵衛殿、おられるか」

「おう、お入りくだされ」

中から返ってきた声に、登一郎は戸を開けて入って行く。と、座敷の清兵衛に向かって、徳利を掲げて見せた。

「いかがかな、いや、よい酒は遠山殿のためにとってある、これは今日、買ってきたのだ。清兵衛殿と酌み交わしたくてな」

「ほう、それはよい、さ、お上がりくだされ、今、膳を出そう」

奥に行く清兵衛に、登一郎は懐から包みを取り出した。

「なれば、皿も……肴(さかな)に天ぷらも買ってきたのだ」

「それはよい」

と、清兵衛は膳を並べる。

「我が家の肴はあさりの時雨煮とたくわんだけだが」

「酒に合うではないか」

向かい合った二人は、さっそく酌み交わす。

「いや、深田屋の件、少々、わかったことがあったので、それを知らせようと思うたのだ」

「ほう」

「狼藉者は林田家の三男でな……」

耳を向ける清兵衛に、登一郎は林田源吾のことと長女のことを話す。

「ふうむ、なるほど……しかし、養子の口が流れたとは、その源吾とやら、もともと粗暴な者なのではないか」

「そうかもしれぬ、外面をよくしていたものの、なにかで化けの皮が剝がれた、と……なにしろ、札差に斬りかかる男だ」

「うむ、気の荒い者なのだろう」

頷き合って、酒を流し込む。

清兵衛は天ぷらを口に運んで、おっ、と目を細めた。

「この白身は鯛か、旨い」

「うむ、今が旬だと天ぷら屋に勧められた」

頬を動かし、箸も動かす。と、二人の手が止まった。

「ごめん」

戸口から抑えた声が聞こえてきた。

清兵衛は腰を上げて、戸口へと向かう。

「開いておる、入られよ」

その声に戸が開き、すっと男が入って来た。

登一郎は横目でそれを見る。武士か……。

土間に立った武士は、抑えたままの声で、片膝をついた清兵衛を見た。

「相談、いや、頼み事があるのだ」

そう言いつつ、男の首が伸び、こちらを覗き込んだ。

登一郎は思わず、顔を向ける。

「えっ」

武士が声を上げた。

その足が、一歩、下がる。

「真木様……」

男のつぶやきに、「え」と、登一郎も声を上げた。

思わず身体をひねってそちらを見る。

武士は無言のまま口を動かしている。

清兵衛は目を見開いて、二人の顔を交互に見た。

「し、失礼を」

男はそう言うと身を翻し、飛び出した。

そのまま足音が横丁を出て行くのがわかった。

「なんと」

戸を閉めて戻って来た清兵衛が、登一郎と向き合う。

「知ったお人か」

いや、と登一郎は首をひねってから振る。

「覚えがない」

「ふうむ、まあ、直参ということだな。登一郎殿は元は作事奉行であったのだから、城中で顔は知られていたであろう」

「うむ、奉行よりも目付の頃であろう」

「そうか、登一郎殿は御目付もしておられたのだったな」

目付は旗本と御家人の監察をする役だ。

不始末や不届きが目付に知られれば、罰は免れない。禄を減らされるくらいですめばよいが、お役御免なども珍しくない。へたをすれば、お家取り潰し、さらに死罪になることすらある。

そのため、監察される側の直参の武士は、新しく目付に就いた者の名と顔はすぐに覚える。目付が直参のすべてを知ることはないが、直参で目付を知らない者はいない。

「ふうむ」清兵衛が戸口を見た。

「あの慌てぶり、よもや、こんな所で顔を合わせるとは、思ってもみなかったのだろうな」

「うむ、しかし、頼み事とはなんであったのだろう」登一郎は眉を寄せる。

「わたしがいなければ、清兵衛殿の仕事となったであろうに、すまぬことをした」

「なあに」清兵衛が笑う。

「仕事の一つや二つ、逃しても痛くはない。まあ、直参がなにを頼みたかったのか、ちと気にはなるが」

うむ、と登一郎は頷いて、男が飛び出して行った戸口を見た。

第四章　城下の声

一

梅干し入りの番茶をぐっと飲み干して、登一郎は湯飲み茶碗を置いた。

「お代わりですか」

佐平の問いに、頷く。

「頼む、これは酒が抜けるのだ」

「夕べはどんだけ飲んだんですか」

ううむ、と首をひねる。

「持って行った徳利が空になったあと、清兵衛殿が徳利を出してきたのだ。どれほど入っていたのか、わからぬ」

「一升徳利なんですよね」

「ふむ、五合徳利など面倒であろう」

佐平は茶を注いだ湯飲み茶碗を差し出しながらつぶやく。

「うわばみだね、こりゃ」

「む、なにか言うたか」

「いんえ」佐平は台所へと向かう。

「さ、朝餉の支度だ」

二杯目の茶を飲み干した登一郎は、よろけながら立ち上がり、戸口へと向かった。

箒を手に踏み出すと、朝の日差しに目を細めた。

箒をゆっくりと動かす登一郎は、その顔を上げた。

「なっと、なっとー」

かけ声を上げながら、納豆売りがやって来る。納豆は、刻んで葱と混ぜた物もあり、町の者はそれを味噌汁に入れて重宝している。

登一郎は箒を持つ手を止めて、待ち構えた。

この納豆売りも新吉の読売仲間だ。新吉の家に出入りする姿も、三人で読売を売る姿も見ている。

納豆売りは待ち構えていた登一郎の前で足を止めた。

「こりゃ、先生、まいど」

「うむ、精が出るな」登一郎は声を低めた。

「先日、文七さんが来たぞ」

「へい、聞きやした。いろいろ教えてもらったって」

登一郎はさらに声を抑えると、上目を向けた。

「それぞれに役目があるようだな」

物問う目に、納豆売りは察して頷いた。

「へい、あっしはこれでさ」

手を握るとそれを丸く動かした。

「摺りか」

「へい。あっしは新さんや文さんみてえな学はないもんで、手を使ってやす。まあ、足もですけど」

「足、となと」

「そうでさ、江戸中を歩き回って、話を聞き集めるんでさ」

にっと、目を細める。と、懐に手を入れた。

「先生は矢部様のお味方だそうですね、これを知ってやすか」

小さな紙切れを取り出すと、それを広げた。文字が書かれている。

登一郎はそれを目で追った。

〈町奉行吟味はへたでとりえなし　目付出された甲斐やなかるらん〉

「鳥居をとりえとしたか、甲斐守の甲斐、前は目付であったことから、鳥居耀蔵のことだとすぐにわかるな」

「へい、こんなのも」

納豆売りは別の紙も出す。

〈町々で惜しがる奉行やめにして　どこがとりえでどこが良う蔵(ぞう)〉

ふうむ、と登一郎は繰り返して読む。

「やめ、は矢部にかけてあるのだな。良う蔵、が耀蔵ということか」

「へい、町角に書かれてた落首(らくしゅ)でさ。ま、こんなのを集めたり、みんなの声を聞いたりするのが、あっしの役目ってこって」

「なるほど、読売作りには大事なことだな」

「へえ、町のもんがどれくらい矢部様を慕ってて、鳥居の妖怪を嫌っているか、ようくわかりやす」

言いつつ、落首の紙切れを急いで懐に入れた。戸が開き、佐平が出て来たからだ。

佐平は納豆売りと向き合う登一郎を怪訝そうに見つつ、

「いつもの刻み納豆を頼みますよ」

と、小銭を差し出す。

「へい、まいどあり」

受け渡しをして、納豆売りは足を踏み出す。

それを登一郎は小声で呼び止めた。

「名を聞いてもよいか」

小さく振り向くと、頷いた。

「久松(ひさまつ)でさ」

その顔を戻すと、大きく口を開き、

「なっと、なっとー」

と、歩き出した。


昼下がりの道を、登一郎は湯屋から戻って来た。

戸を開けると、佐平が待ち構えていたかのように、土間に下りた。

「ああ、よかった。深田屋さんがお待ちですよ」

ん、と首を伸ばすと、座敷で松太郎が頭を下げた。

「おお、これは……」急いでその向かいに腰を下ろす。

「待たれたか、すまぬ」

「いえ、急にやって来たのはこちらですから」松太郎はかしこまる。

「わかったことがあるので、お知らせにまいりました」

「ほう、さようか。こちらもいろいろとわかったのだ」

登一郎は文箱を引き寄せて蓋を開ける。

はあ、と松太郎はそれを覗き込んだ。

「では、まず、そちらをお聞かせいただきましょう」

「うむ、まず林田の息子の名だ、三男で源吾、それと一緒にいた男もわかった。加瀬家の次男で勝之助ということであった。だが、父の役職はわからぬ」

「ああ、それは」松太郎は名と切絵図を見比べる。

「『武鑑』で確かめました。父親は小普請方手代(こぶしんかた)でした」

「そうか、まあ、狼藉の首謀者は林田源吾で、加瀬勝之助のほうは巻き込まれたようなものであろう。して、源吾のほうだが、養子の話が決まっていたものの、去年の夏頃にそれが流れたと聞いた。それと、林田家の長女は亡くなったそうだ。去年の三月だというから、五十両の借金を申し込んだのは、病の手当のためであったのだろう。だが、金を借りられなかったために医者を呼べずに、命を落とした。ために、怨みを持った、ということに違いない」

一気に話す登一郎の言葉を聞きながら、松太郎は眉を寄せた。

ううん、としかめた顔をひねると、登一郎に向けた。

「源吾の養子の話がだめになった、というのは、あたしも耳にしました。けど、その長女のことなんですが、病で死んだというのはどうも……あたしは違う話を聞きまして」

「む……そうなのか」

「はい、林田家に出入りしている慶安を突き止めて、そこで聞いたんですが……」

「慶安、口入れ屋か」

職を求める人を奉公先に口利きするのが、口入れ屋の仕事だ。慶安というのは、医者の大和慶庵の名から来ている。医者であった慶庵は、職探しや縁談などの口利きを、礼金を取って行っていた。そのまとめ方がうまかったために評判となり、口入れ屋を慶安と呼ぶようになっていた。

「ええ」松太郎が頷く。

「その慶安は林田家に出入りをしていて、中間の手配をしたりしていたそうです。で、一昨年のことなんですが、長女をどこかの奥女中にしたいと相談されたそうでして……」

「奥女中……ふうむ、御家人の娘が御大家に奉公するのはよくある話だが」

「はい、礼儀を身につけ、歌舞音曲などもできる娘御は、宴席に重宝されると聞いています。奉公に出すほうも、行儀見習いという名目であれば、体裁がよいですし」

「うむ、我が屋敷でもいっとき、御家人の娘を預かっていたことがある。歌詠みなどを教えてほしいと言われ、妻が手ほどきをしていたようだ。まあ、家事の手伝いなどもさせていたが」

「ほう、そうですか。なかには殿様に見初められ、側室になるようなこともあるようですね」

む、と登一郎は咳を払う。

「ある、らしいとは聞いている。我が家はむろん、ないが……して、林田家の長女は奉公に上がったのか」

「ええ、その慶安が口を利いて、さる大身のお旗本のお屋敷に上がったそうです。どこの家かは、教えてくれませんでしたが」

「ふうむ、さすれば病で五十両が要りようになった、というのは考え違いであったか。まあ、亡くなったと聞いただけで、そのわけはわたしが推察しただけのことだが」

「はあ、で、慶安の話によると、そのお屋敷で不始末があったらしいんです」

「不始末、とは、その娘御がか」

「ええ、その長女、名は妙というそうなんですが、ある日、お屋敷の香炉をうっかり壊してしまったらしいんです。その香炉は先々代が家治公から賜って家宝にしていた物だそうで」

「家治公から、か」

家治は今の将軍家慶の祖父だ。登一郎は眉間を狭める。

「ううむ、それは大事になったであろうな」

「はい、手討ちにされかかったらしいです」

「ふむ、直参にとって、将軍からの賜り物は家格を示す宝だからな。だが、斬られはしなかったのだな」

「殴られたとか、足蹴にされたとか、そういうことはあったようですが、家に戻されたそうで。で、林田家は飛んでいって謝罪をしたそうです」

「そのようにしていたものを貸してくれ」と。

「そこか」登一郎は手を打った。「その弁済のために五十両が要りようになったのか」

「はい、そのようで」松太郎は首を縦に振る。「そのような事情であったとは……父も話してもらっていれば、五十両を貸したものを、と申していました」

「ううむ」登一郎は腕を組む。「林田家としては、知られたくなかったのだろう。たちまちに噂になり、娘を奥女中に出したことも知られてしまう。なにより、公方様より拝領の物を壊したというのは、家の恥だ」

「はい、ですが」松太郎が片眉を寄せる。「壊したといっても、粉々になったわけではなく、欠けたのは端っこで、くっつけて直せば、元の形に戻せるようなことだったらしいです。林田源五郎は口惜しそうにこぼしていたそうで」

「ううむ、だが、傷物にしたというのが許せなかったのだろう。武家にとっては家宝だからな、それはわかる気もする。ふむ、それで五十両か」

「ええ、林田家はうちに断られて、慶安を頼ったそうです。そもそも、謝罪の仲立ちにも入ったそうなので、五十両も都合してもらえないかと」

「ほう、都合したのか」

「いいえ、慶安ごときがそんな大金をどうにかできるもんじゃない、と言ってました」

「ふむ、それもまた道理。で、どうなったのだ」

「はあ、林田家はどこからか五十両を都合して、なんとか事を収めたようです」

ふうむ、と登一郎は腕を組み直す。

「では、その妙という娘御、そののちに病を得て亡くなったのやもしれぬ」

「いやぁ」松太郎も腕を組んだ。

「慶安も亡くなったという話は伝え聞いたそうなんですが、詳しいことはわからないそうです」

「ううむ」登一郎は腕をほどいて天井を仰いだ。

「いずれにしても、その揉め事が知られ、源吾の養子話が流れたということか。で、深田屋を怨んだ、と」

「ですが、あたしどもだって、ちゃんと打ち明けてくれさえすれば貸したのに……それに長女の不始末は、手前どもには関わりのないこと、やっぱり逆怨みですよ、納得いきませんや」

ううむ、と登一郎は顔を戻した。確かに、どうも納得がいかない……そもそも五十両はどこから調達したのか……。

登一郎は松太郎の着物を見る。

質素倹約を掲げた公儀は、町人が絹物を着ることを禁じた。松太郎の着物も、それゆえに綿だ。色も焦げ茶で、一見、地味に見える。しかし、よく見れば、細やかで手の込んだ小紋地だ。登一郎の目は、さらに袖口の内側に向いた。裏地は光沢があり、絹地であることがわかる。豊かで洒落者の町人は、こうして粋を決め込んでいた。特に札差は裕福なため、見えないところに贅をこらしている者が多い。

登一郎は、そっと息を吐いた。札差にとっては五十両など大した額ではないため、ひっかかりもしないのであろうが……。

「その慶安、わたしも話を聞いてみたい。かまわぬか」

登一郎の申し出に、松太郎は戸惑いつつも頷く。

「はあ、それは……須田町の善六という者です。あの、源吾も加瀬勝之助の素性も明らかになったことですし、町奉行所に二人の名を届け出てもいいでしょうか」

「あ、いや」登一郎は首を振る。

「いまひとつ、釈然としないゆえ、慶安から話を聞いてみるまで待ってほしい」

「はあ……まあ、御奉行所のほうも、まだ動いていないようですから、いいですけど。襲われたのが札差の手代だと、お役人も冷たいもんです」

松太郎が顔を歪める。

「すまぬな、話を聞いたら深田屋を訪ねるゆえ」

登一郎の言葉に、松太郎は「はい」とその面持ちを弛めた。

二

翌朝。

登一郎は上野へと向かった。

頭の中に入れた切絵図を頼りに、道を曲がっていく。

角から四軒目……。長明が指していた場所を思い起こす。
一、二、三、と数えて、ここが林田家だな、と足を緩めた。
一度通り過ぎて、また戻る。

出仕の刻限だ。

お、とさらに足運びを緩めた。簡素な門から、男が出て来た。供を一人だけ連れ、歩いて行く。

林田源五郎だな……。登一郎は足を速め、その横につく。

追い抜きながら、横目でその顔を見た。

うつむき加減の顔には皺が刻まれ、足取りは頼りない。

気の弱そうな御仁(ごじん)だな……。

登一郎は来た道を戻った。

上野から、登一郎は須田町への道に入った。神田(かんだ)のはずれにある町だ。

松太郎に聞いた目印を曲がると、すぐに目当ての家が見つかった。半分開けられた戸口に、人が出入りしている。

登一郎が入ると、帳場に座った男が顔を上げた。

「はい、ご浪人さんですか、どういう仕事をお望みで」

いや、と登一郎は近寄って小声を出した。

「善六さんを訪ねてまいったのだ、深田屋の松太郎さんに教えられて、ちと話を聞かせてほしくてな。わたしはのっぴき横丁から参った」

「のっぴき横丁」とつぶやくと、男は目を眇め、

「善六はあたしですが」

と、見上げた。舌打ちをかみ殺しているような面持ちだ。と、その顔を愛想よく変え、新たに入って来た客に向けた。

「はい、どうぞ」

客に手招きしつつ、登一郎にささやく。

「奥でお待ちください」

そう言うと、横で算盤をはじいていた小僧に、顎をしゃくった。

「座敷に案内しとくれ」

へい、と立ち上がると小僧は手を上げた。

「どうぞ、お上がりを」

長くはない廊下を通され、登一郎は庭の見える座敷に落ち着いた。小さい庭だが、石が置かれ、椿や笹が植えられている。

口入れ屋というのも、それなりに儲かるのだな……。そう思いながら、飛んで来た雀を見ていると、足音がやって来た。

「お待たせを」

入って来た善六は、座ると探るような目で登一郎を見た。

「深田屋さんから、とは、林田様のことでしょうか」

「うむ、さよう。息女をさる旗本の屋敷に口入れした話を聞いた。そこで不始末があったとのこと、そちらも仲立ちをしたのは難儀であったろう」

「いえ、揉めた際の口利きも仕事のうちですから」

上目遣いのまま微笑んでみせる善六に、登一郎も笑みを返す。

「ふむ、そのおかげで丸く収まったそうだな」

「いえ、丸くとまでは……なんとかお許しいただいたということで」

「うむ、そのために林田家は五十両を渡したそうだが」

「はあ、そのようで」

庭に目を向ける善六に向かって、登一郎は首を伸ばす。

「五十両はどこから都合をしたのであろう」

「さあ、手前どもはそこまでは……」

横を向いたまま首を振る善六を、登一郎はじっと見る。

「ふうむ、口入れ屋は色町にも伝手があると聞いているが」

「や」と、善六は顔を向けた。

「あたしはそっちはやってませんよ。うちのお得意は武家と商家だけ、先代からずっとそれでやってきて、信用を得てるんですから」

ほほう、と登一郎は顎を上げる。

「林田家の妙殿は、病で亡くなったと聞いているが」

「はあ、そんな噂を聞きましたね。けど、慶安は口の堅いのが信条、噂なんぞを言いふらすわけにゃいきません」

ふうむ、と登一郎は思う。病というのははったりであるのに、それに合わせてきたな……。

「したが」登一郎は声を低くした。

「姿を見かけた、という噂もあるのだが」

「えっ」

顔が変わる。

やはり、か、と登一郎は腹の中で手を打った。引っかかったな……。

「死んだというのは偽り、いや、武家の世では死んだのだろう、そして、別の世で生きることとなった、と」

善六の頬が引きつる。

「あたしが口入れしたんじゃありませんよ」

「ほう、では、慶安の仲間に口利きを頼んだのであろう」

ぐっと黙る善六に、登一郎は顎を上げてみせる。

「もうわかっているのだ。松太郎さんは苦労知らずゆえ、思い至らなかったようだが、わたしはぴんときた。どこだ、吉原か」

あっと、顔を歪めた。カマをかけられたことに気づいた顔だ。

唇を嚙むと、ふっと息を吐いて、善六は顔を振った。

「深川ですよ。吉原はけっこう直参のお人らも行きますからね」

「なるほどな」

頷く登一郎に、今度は善六が膝を寄せた。

「このことは、誰にも言わないでくださいよ。そのために、林田様は娘は亡くなった、ってえことにしたんですから」

「ふむ、だが、知っている者もおろう。林田源吾の養子話が流れたのは、養子先に知られたからではないのか」

善六の眉が寄る。

「林田家の長女が死んだというのは、じょじょに広まったようで、養子先の家がお供え物を持って訪ねたらしいです。ところが、位牌もなく、墓も教えてくれない。おかしいというので、出入りの慶安に調べさせたわけです。で、うちに来た。慶安同士は、持ちつ持たれつなんで、あたしも隠しきれなかったんですよ。まあ、深川のほうからも、武家の娘が入ったと噂が漏れてましたし……」

「ううむ、そういうことか」

登一郎は大きく息を吐いた。娘が岡場所に身売りをした、などと知れば、武家ならば関わりを断とうと考えるのが普通……しかたあるまい……。

善六が畳に手をつく。

「深田屋さんには言わないでくださいよ」

「いや」登一郎は首を振った。

「なにゆえに怨まれているか、これで腑に落ちるであろう。わたしから伝える」

「そいつは困る、あたしは知らないって言ったんで……」

「なに、とぼけたわけはわかってくれるだろう。いずれにしても林田源吾は狼藉で捕まることになる、すべて明らかになることだ」

「狼藉……」

「うむ、深田屋の松太郎さんを襲ったのだ。斬られたのは、かばった手代だったが」

「そんなことが……」

　顔を歪める善六に、登一郎は頷いた。

「怨みの真相はわかったが、だからといって狼藉が許されるものではない。いや、つかえが下りた。邪魔をしてすまなかった」

　短い廊下を振り返って、外へと出た。

　その足で、蔵前へと向かう。深田屋がある町だ。

　が、顔は大川の向こうの深川のほうへと向いていた。

　不憫なことだ……。

　見たことのない妙の姿を想像し、登一郎は溜息を吐いた。


　深田屋の奥座敷で、新右衛門と松太郎親子が並んだ。

　登一郎は善六から聞き出した話を語る。

　聞き終えた親子は、目を交わし合った。

　ほう、と新右衛門は肩を落とした。

「倅からご長女の事を聞いたときに、そんなことではないか、とうすうす思ったんですが、やはりそうでしたか」

え、と松太郎は目を丸くする。

「おとっつぁんはわかってたのかい」

「そりゃあ、な、世の中のことはおまえよりは知っている。けれど、そうならそうで、林田様も初めに言ってくれれば、五十両、都合したというのに……」

ふむ、と登一郎は凝った作りの天井を見ながら言った。

「知られたくなかったのであろう、公方様拝領の家宝を壊したなど……いや、先方の旗本からも口止めされたに違いない。周りからなにを言われるかわからぬからな」

「けど」松太郎が右の拳を振り上げる。

「だからといって、あたしどもを怨むなんざ、お門違いにもほどがある」

父が小さく頷く。

「ああ、そうだな。米造の腕を不自由にされたのは、許せることではないな」

「いや、おとっつぁん、米造はあたしをかばって斬られたんだ。あの息子はあたしを狙ったんですよ」

松太郎は腰を浮かせる。

「これから御奉行所に行って、名を告げてやる」

「ああ、待て待て」父は息子の袖をつかんで引いた。

「そんな勢いで行ったら、なにを言うかわからん。ただでさえ、札差はお役人から嫌われているんだ。余計な波風を立てるんじゃない」

新右衛門は登一郎に顔を向けた。

「明日にでも、あたしが御奉行所に行って、事の次第を伝えます。それでよろしいでしょうか」

「うむ、それがよかろう」

はい、と新右衛門は手をつく。

「真木様にはいろいろとご面倒をおかけしました。お詫びとお礼を申し上げます」

「いや」登一郎は首を振る。

「首を突っ込みすぎた、許せよ」

「とんでもない」

新右衛門は息子に目顔を向ける。

松太郎はそれに気づいて、慌てて頭を下げた。

「ありがとうございました」

いや、と登一郎は庭に目を向けた。

置かれた庭石の上に松の木の枝が張り出し、尾長(おなが)が止まって尾を揺らしていた。

三

夕刻。

清兵衛の声が戸口から聞こえてきた。

「登一郎殿、おられるか」

「おう、入られよ」

その返事に、戸が開いた。と、登一郎は驚いて腰を浮かせた。

清兵衛の後ろにもう一人、人影がある。一昨日、清兵衛の家に来て、登一郎に気づいて帰って行った武士だった。

「や、これは……」

出迎えた登一郎に、武士は頭を下げた。

「先日は失礼をいたしました」

清兵衛がその男を見る。

「先ほど、訪ねてまいられたのだ。で、登一郎殿とも話をしたいと仰せなので連れてまいった」

男は背筋を伸ばした。

「わたしは児玉倉之介(こだまくらのすけ)と申し、南町奉行所の与力をしております」

「南町の……」

「はい、旗本といっても、真木様とは較ぶべくもない軽き身ゆえ、こうして対面するのは初めてです。もちろん、わたしどもはご尊顔(そんがん)、存じ上げておりました。が、まさか、ここでお会いするとは思わず、一昨日、動転して逃げ帰ってしまいました」

「ああいや、そういうことであったか」

「ご無礼お許しください。昨日、一日考え、いっそ真木様にも相談したく思い、出直して来たのです」

「頼みがおありだそうだ」

清兵衛が頷く。

「おう、なれば、お上がりなされ」

登一郎は座敷を手で示す。

上がり込んだ児玉は登一郎の向かいに座り、清兵衛は少し迷ってから、登一郎と並んだ。

「真木様は」児玉が顔を上げる。

「御奉行、いえ、矢部駿河守様と懇意であられると聞いております」

「いや」登一郎は首を振る。

「懇意というほどではない。控えの間は同じであったが、矢部殿は遠国奉行(おんごくぶぎょう)で江戸を離れておられた時期もあるゆえ、話しをする機はさほどでもなく……」

「ああ」児玉は身を乗り出した。

「わたしはあちらにいたのです。大坂西町奉行所の与力に任ぜられて」

　ほう、と登一郎と清兵衛は顔を見合わせた。

　公儀は主要な町を直轄領(ちょっかつりょう)として、町奉行所を置いている。大坂もその一つで、西町奉行所と東町(ひがしまち)奉行所が置かれている。奉行は江戸から遣わされることが多い。

「さようであったか、確か矢部殿は天保の四年に西町奉行になられたのであったな」

「はい、その前には隣の堺奉行を務めておられまして、移ってこられたのです。わたしは天保の三年から、大坂に赴任しておりました」

　直轄領の奉行所や勘定所では地元から多くの役人が採用されるが、過去、たびたび不正が発覚したため、江戸からも役人が遣わされるようになっていた。

　児玉は目元を歪める。

「大坂はなかなかに難しいところでして」

大坂は天下の台所と呼ばれるように、米の相場を握っている。全国から米が集められ、そこで相場が決められるのだ。

「御奉行様は、皆様、ご苦労されるのだと、わたしも聞いていました。大坂の商人は抜け目がないゆえ油断するな、と江戸を出る際にも言われたほどで……」

「ふうむ、天保の四年は、ちょうど米の不作で飢饉が起きた頃であったな。米の値も上がり、皆、大変な思いをした」

「はい」児玉が顔を上げた。

「ですが、矢部様はみごとな采配をされたのです。ある商人が米を大量に買い占め、蔵に隠していたのです。値が上がるのを待って、売りさばくつもりだったのでしょう。それを聞きつけた矢部様は、役人を連れて出向かれ、わたしも同行いたしました。そこで蔵を開けさせたのですが、そこには炭俵が積まれておりました。商人はこの蔵は炭をしまっているのだ、と言いまして」

「ほう、抜かりがないな」

清兵衛のつぶやきに、児玉は眼を動かして頷く。

「はい、ですがそこで、矢部様は仰せになったのです。ではこの炭、蔵ごとすべて買い取ろう、と。うろたえる商人に、どうした、炭なのであろう、とおっしゃられて

「……いや、商人はぐうの音も出ません」

児玉は気持ちよさそうに、初めて笑顔を見せた。

「矢部様はすぐに炭の代金を支払われ、蔵を押さえました。炭俵の奥は、すべて米俵で……」思い出して笑う。

「その米を炭の値段で、大坂の人々に売ったのです。町は大喜びでした」

「ほほう、それはみごと」

登一郎は頷く。

「はい」児玉は誇らしげに胸を張った。

「矢部様は大塩平八郎（おおしおへいはちろう）殿とも懇意にされて、意見を求められていました。役宅にもお招きになり、よく話し込んでいたそうです」

「あの大塩平八郎か」

清兵衛のつぶやきに、登一郎が答える。

「大塩平八郎はもともと大坂東町奉行の与力であったそうだな。しかし、矢部殿が奉行になられたときには、すでに隠居して陽明学（ようめいがく）の私塾を開いていたと聞いている」

「はい」児玉が頷く。

「矢部様は、大塩殿は学識深く、勘定ごとに通じておられ、なによりも大坂のことをよく知っておいでだと仰せでした。ゆえに、相談役として招き、意見を聞かれていたのです」

「ふむ」登一郎は頷く。

「矢部殿は傲(おご)らぬお方ゆえ、知恵あるお人に、謙虚に耳を傾けられたのであろう」

「そのとおりかと。ですから、天保四年の飢饉はなんとか乗り切ることができたのです。ですが、天保の七年にまたひどい飢饉に陥り……」

冷害や大雨による米の不作は、四年からずっと続いていた。特に七年の不作は甚(はなは)だしく、大飢饉が全国を襲っていた。

「七年……矢部殿が江戸に戻られた年だな」

登一郎の言葉に、児玉が膝を打つ。

「そうなのです、そもそもその前に、東町奉行が変わったのです。四月に新しく東町の御奉行になったのは、跡部様だったのです」

ううむ、と登一郎の顔が歪む。

「そうであった、跡部大膳が就いたのだった」

その顔を見て、清兵衛まで面持ちを歪める。

「跡部大膳というのは、それほど悪いのか」

「うむ、上の顔色しか見ぬ男だ。上といっても、老中首座が実の兄だからな、ほとんどの者を下に見ているということだ」

　児玉は目で頷く。

「東町が跡部様になり、相役の矢部様は仕事がやりにくくなったはずです。考え方や政策がまったく逆ですので」

「そうであろうな、民のためを考える矢部殿とは相容れるはずがない。おそらく跡部大膳は疎ましく思ったであろう。ゆえに……」

「ああ」と清兵衛は手を打った。

「矢部定謙が西町奉行を解任されたのは、そのせいということか」

「わたしはそう思いました。なにしろ」児玉が声を低くした。

「矢部様の後任は堀利堅です。なにをか言わんや、と」

「堀……」

　顔を傾ける清兵衛に、登一郎が口を開いた。

「堀利堅は鳥居耀蔵の義兄弟なのだ」

「え、そうなのか」

「うむ、もともと鳥居耀蔵は儒学者の林述斎の三男でな、そこから鳥居家に養子に入ったのだ。で、堀利堅は林家の娘を妻にしているため、義兄弟ということになる。

堀利堅も兄同様、水野様に気に入られているはずだ」

「わたしは」児玉は思い出したように上を見る。

「九月に矢部様が江戸にお立ちになる際、お見送りしたのです。矢部様は江戸で勘定奉行になられることが決まっていましたのでよいとして、大坂町奉行所はこの先、どうなるのかと、暗澹たる思いでした」

「ふうむ」清兵衛は腕を組んだ。

「跡部と堀の組み合わせでは、大坂町奉行所は揺らぐ、ということか」

「はい、実際、跡部様は米相場に対しては無策で、相場は上がる一方。矢部様はいろいろと手を尽くしておられましたが、西町だけで動いても、商人は言うことを聞きません。それどころか、跡部様は豪商の接待などを受けていたようなのです。暴利を貪る商人をそのままに、いえ、手さえ結んでいたのです。大坂の町人は飢饉で喘いでいたというのに」

登一郎は天井を仰いだ。

「天保七年の大飢饉はひどいものだった。方々で一揆が起き、騒動が続き、城中でも皆が走り回っていた。米を求めて江戸にも人が押し寄せたが、粥を配っても足りずに、道には餓えて死んだ者が累々と横たわっていたのを覚えている」

「はい、京都では、餓死者が山のように積まれていたと聞きました。矢部様も道中、ご覧になられたかもしれませんが」

清兵衛は口を曲げる。

「ふうむ、餓死者の山とは……大坂で米相場をなんとかできなかったのか……いや、そうか、そのあげくが大塩平八郎の騒動だったのか」

清兵衛は高まった声を呑み込んだ。

児玉は頷いて、眉を寄せた。

「矢部様が江戸に戻られたあと、後任は堀様に決まったものの、大坂に来られたのは年が明けてのこと。それまでのあいだ、東町の跡部様は西町の与力同心をなにかにつけて呼び出して使っていました。わたしも行ったのですが、そこでいろいろな話を聞いたのです。大塩平八郎殿は、跡部様に何度も書状を送り、米相場を下げるための方策を提案されたそうです。ですが、跡部様は一度もお取り揚げにならず、捨て置くのみであったと」

ううむ、と登一郎の眉も寄る。

「矢部殿が去られたあと、跡部一人が大坂の米蔵を支配していたわけだな」

はい、と児玉が頷く。

「矢部様が引き続き西町の御奉行であられれば、あの大塩平八郎の騒動は起きなかったのではないか、とわたしは考えています。わたしは年末に江戸の町奉行所へ戻ることができたので、騒動に至る惨状は見ていませんが」

ふうむ、と登一郎は顎を撫でた。

「なるほど、児玉殿は矢部殿の配下であられたか。慕っておられるのだな」

「ええ、矢部様は皆から慕われていました。ですから、矢部様が去年、南町奉行になられたときには、どれほどうれしかったか」

矢部定謙は大坂から戻って勘定奉行を務めていた。そこから南町奉行に任ぜられたのが天保十二年の四月だった。

「矢部様にご挨拶に伺ったところ、わたしのことを覚えていてくださいました。わたしなぞ、大した働きもしなかったというのに」

児玉は目を細める。と、その目がすぐに鋭く変わった。

「されど、あのような理不尽で罷免などと……」

口が歪み、歯がみの音が鳴った。

「ふうむ」登一郎が両膝をつかむ。

「して、児玉殿の頼みとは、矢部殿のことか」

「はい」掠れた声で答える。

「矢部様に丸薬をお届けしたい、と思うたのです。気落ちなさっていることでしょうから、気を補う補気薬をと。以前、父が用いて元気になった薬なので」

　懐から包みを取り出す。

「こののっぴき横丁では密かな頼みごとができる、と噂に聞いていたので参ったのです。ですが……」

　児玉は包みを再び懐に戻した。

「一昨日、真木様のお姿を見て、考えを変えたのです。矢部様に会わせていただけませんか」

「矢部殿に」

「はい、いく人かの方がお屋敷を訪ねてお話をされたと聞いています。わたしのような身分の軽い者は無理でしょうが、作事奉行であられた真木様であれば、矢部様もお会いになるはず、わたしも連れて行ってほしいのです」

　む、と登一郎は口を閉じた。思いもかけなかった頼みに、考え込む。矢部殿に会う……。

「しかし屋敷の表門には、お城から遣わされたような番人が立っていた。おそらく監視されているのだ」

「監視」

「うむ、前のように客人をたやすく通すとは思えん」

言いつつ、登一郎は裏門で会った用人の顔を思い出していた。岸部殿といったな、なんとかなるか……。

児玉は膝を進めてきた。

「もう三月も半ば、この先、いつ評定所のお沙汰が下りるやもしれません。今でさえ監視されているのであれば、蟄居閉門（ちっきょへいもん）などを命じられたら、会うことも叶わなくなりましょう。そうなる前に、わたしは矢部様にお会いして思いを伝え……薬を渡したいのです」

喉が震えている。

登一郎もごくりと唾を飲み込んだ。

「わかった……参ろう」

「真ですか」

「うむ、児玉殿、次の非番はいつだ」

「明後日です」

「そうか、なれば明後日の申の刻（午後四時）、赤坂の溜池の畔、松の大木の下で落ち合おう。ああ、いや……夕ではなく、朝にしよう。卯の下刻（朝七時）でいかがか」

「はい、承知しました」

児玉が両手を握りしめる。

「危なくはないのか」

清兵衛の問いに、登一郎は首を振った。

「わからん、だが、やってみる」

登一郎もぐっと拳を握った。

四

二日後。

「おはようございます」

溜池の畔で、先に来ていた児玉が、松の木の陰からそっと現れた。

登一郎は頷くと、先に立って歩き出した。最近は脇差しのみで出歩いていたが、今日は袴に二本差しの姿だ。歩きながら、登一郎はぐっと、帯を握った。

坂を上がって、武家屋敷の並ぶ道に入った。

早朝の道にはまだ武士の姿はなく、天秤棒を担いだ出商いの男が、時折、行き交うだけだ。

登一郎は遠目に矢部家の表門を見た。まだ、門番は立っていない。

その手前で曲がり、裏に回る。

「そこだ」

道の先にある裏門を目で示した。

「真木様は以前にもいらしたのですか」

「うむ、最近……といっても書状を持参しただけで、中には入っていない。その日は午後だったのだが、裏門の戸すらも閉まっていてな」

足運びを緩め、ゆっくりと近づいて行く。

道の向こうから、棒手振の魚屋がやって来るのが見えた。

登一郎は児玉に目配せをする。が、児玉は意図がわからないらしく、目をしばたたかせた。

魚屋は裏門で止まると、

「おはようごぜえやす」

と、戸に手をかけた。戸が開く。

「よし」

と、登一郎は児玉に目配せをして走り出す。児玉も意を察して、そのあとに続いた。

魚屋が入って行くあとに、二人が続いて中に滑り込んだ。

え、と驚く魚屋の横をすり抜けると、台所の勝手口から出て来た中間が、やはり驚きの顔になった。

「ど、どなたで」

登一郎はその前に進むと、

「用人の岸部殿を呼んでほしい」

と、ささやいた。

「は、はい」と慌てて台所へと戻って行く。

きょとんとする魚屋に、登一郎は「すまぬな」と言葉をかけた。

台所から足音が響き、岸部が飛び出して来た。

登一郎の姿に、「ああ」と肩を落とす。

「真木様でしたか」言いながら、傍らの児玉を見る。

「この御仁は」登一郎が目で示す。

「矢部殿の配下であったお人だ。矢部殿に会わせてもらいたいのだ」

二人を見て、岸部は神妙に頷いた。

「では、こちらに」

出て来た勝手口に誘う。

台所の土間から上がり、廊下を進む。長い廊下を歩きながら、岸部は二人に振り向いた。

「台所からで失礼いたしました。最近は、番人と称した監視の者が屋敷の中にまで送り込まれていて、油断がならぬのです。まだ来ておりませんが、お帰りの際には、その者に見つからないようにしていただきたいので」

「うむ、わかった」

登一郎は頷く。

廊下を曲がると、「お待ちを」と岸部は奥の部屋へと入って行った。

すぐに戻って来ると、「どうぞ」とその部屋に招き入れた。

「おお」

部屋の主は入って来た二人に目を見開いた。

「これは真木殿、それに児玉ではないか」

「はい」

児玉はすぐに膝をつき、平伏した。

「御奉行、いえ、矢部様にお目にかかりたく、真木様にお頼みしたのです」

登一郎もその横に腰を下ろすと、矢部と目を合わせた。

「児玉殿にそう言われて、わたしも同様の思いに駆られたのです。で、迷惑かとは思いつつ、押しかけてしまいました」

「いや、迷惑などと……先日は文をお持ちいただいたとのこと、礼を申したかったのだ」

「いえ、あれも頼まれまして」

「矢部様」児玉が懐に手を入れた。

「この補気薬をお渡ししたく……」包みを置くと、顔を上げた。

「いや、無用かもしれませんが……」

「うむ」矢部は顔を撫でた。

「わたしはむしろ気が昂ぶっている。されど、この薬は家の者に服ませよう、かたじけない」

登一郎も矢部の顔を見た。色白の顔は血色がよく、眼には力がある。その力は怒りであることが見て取れた。

「こたびの理不尽、わたしも腹に据えかねています、が、なにもできず、恥じ入るばかりで……」

登一郎の言葉を奪うように、

「わたしも」と児玉が声を上げた。

「御公儀の処遇には、口惜しさで腸(はらわた)が煮えくりかえる思い……南町の皆も同様です」

ふむ、と矢部は目を伏せる。

「その言葉でちと救われた。して、南町はいかがなっている、鳥居耀蔵が奉行となってからは」

児玉は顔を横に振る。

「禁令ばかりを出し、町人を取り締まれと毎日……皆、忙しくしておりますが、つまらぬことまで禁止禁止と、なにゆえにこのようなことを、と歯がみをしております。矢部様の頃には、誰もがやりがいを感じていましたのに」

「わたしも口惜しい」矢部は目を閉じ、顔を上に向けた。「やるべき仕事が山ほどあったというに……」

その顔がさらに上気する。

「大坂とて」児玉が膝行する。「矢部様が御奉行であられたら、大塩殿の騒動は起きなかったはずです。跡部様が東町の御奉行として来られ、矢部様が江戸に戻られてから、米相場はますます高くなったのです。跡部様が豪商と手を結び、買い占めた米を江戸に廻したことで、大坂の米の値は上がるばかりで」

「その話」登一郎が眉を寄せる。「あとになって聞いた。翌年に家斉公から家慶公に将軍が代替わりすることが決まっていたゆえ、お城では物入りとなり、ために跡部大膳が動いたのだ、と。祝賀の差配をするのは兄の老中であるから、兄の面目を立てるために張り切ったに違いなかろう」

「はい、大坂でもそのようにささやかれていました。米相場が上がったために、貧しい者は米を買えなくなり、飢える者が増えたのです」

児玉は登一郎に頷いた。

「なので、大塩殿は、大坂の豪商に施米のための金子を出してほしいと持ちかけたのです。米を買い占め、値を上げて儲けていたのですから、当然のことと、お考えだったのでしょう。豪商の主らはそれを引き受け、事前に町奉行所に伝えに来ました。伝えることが決まりとなっていたので。ところが、跡部様はそれを許したものの、こう言われたそうです。大塩のような隠居の求めに応じるのであれば、御公儀の求めにも当然、応じるであろうな、と」

ほう、と登一郎は唸る。

「それは豪商らも腰が引けたであろうな、御公儀の求めとなれば、どれほどの額になるかわかったものではない」

「ええ、そこで怖じ気づいた豪商らは、大塩殿の申し出をなかったこと、としてしまったのです」

「ううむ、それは大塩殿も立腹したであろう」

「それはもう」児玉が頷く。

「東町の役人には、大塩殿の配下であった者が多く、私塾にも通っていたので、ごようすを聞きました。豪商にも跡部様にも憤激なさっている、と」

児玉は矢部に向かって身を乗り出した。

「矢部様がおられれば、跡部様を抑えることができたはず、なによりも大塩殿に挙兵をとどまるよう、説き伏せることができたでしょう」

「ううむ」矢部の眉間に皺が刻まれる。

「それはどうか……大塩殿はもとより御公儀に対しての不満が大きく、御政道を正すべきと、常に声高に語っておられた」

そう言うと、ふっと、眉間の皺が消え、目元が弛んだ。

「役宅でよく夕食の膳を共にしたのだが、御政道への批判で、いつも声が高くなっていた。あるときには、その勢いで堅い魚の頭をばりばりと嚙み砕いたほど……あれはさすがに驚いた」

思い出したように、口元に笑いが浮かぶ。

「いや」笑みが消えた。

「大塩殿の言うことは、確かに理にかなっていた。正義の志が強く、高い理念を掲げるお人ゆえ。それに陽明学は知行合一を旨とするゆえ、考えたことは実践することを大事にしている。ただ、語るだけの人ではない。しかし……実際には、その理を御政道に生かすことは難しい、とわたしは思うていた。これは城中を知らねばわかりにくいことであろうが」

「確かに」登一郎は頷いた。

「城中で力を振るうのは権力と黄金……正義などその前ではあっけなく握りつぶされるのだと、見てきた我らだからこそわかりますが」

「うむ」矢部の眉間が狭まる。

「今のわたしこそがその証。老中首座に抗したために、この有様だ」

ぐっと、児玉が喉を詰まらせる。

「しかし」矢部は天井を仰ぐ。

「大塩殿のような御仁をあのような形で失うとは、残念でならぬ」

「聞いた話では」登一郎が口を曲げる。

「大塩殿の反乱を事前に知った跡部大膳は、矢部殿にそれを知らせる書状を送ったとか」

「うむ、大塩殿の反乱軍には東町の役人らも加わっていた。その中に、直前に寝返った者があり、密告したという話だ。その一人に、わたし宛の書状を託し、江戸に遣わしたのだ」

「ふむ、大塩平八郎と懇意であった矢部殿であれば、止めてもらえると考えたのでありましょうか」

「わからぬ。事前に知らせた、という一事をもって、己の身を守ろうと考えたのやもしれぬ」

矢部の言葉に、なるほど、と登一郎はつぶやいた。地方で起きる一揆や反乱は、勘定奉行の管轄になる。跡部大膳は、大坂町奉行として問われる責めを軽くしようと思ったのかもしれない……。

「もっとも」矢部は口元を歪めた。

「その書状が届いたのは、すでに反乱が鎮圧されたあとのこと。その前に、急ぎの知らせが来て、こちらは騒動の顚末を知っていたのだがな」

大塩平八郎が弟子や賛同者を一党として挙兵したのは、天保八年二月十九日だった。鉄砲や大砲も揃えたまさに挙兵だった。

敵は米の買い占めを行っていた豪商と手を結んでいた大坂町奉行。その日は、新たに西町奉行として着任した堀利堅が、町を巡視することになっていた。

その前日、密告者が出て、計画は事前に町奉行に知られていた。そのことも承知の上で、大塩一党は蜂起した。三百人の反乱軍が、銃や大砲を撃ち、町に火をつけて進んだのだ。

しかし、町奉行のほうは事前に方々から応援を集め、待ち構えていた。橋を壊して、進撃を妨げる手も打っていた。

一党は多勢に応戦され、たちまちのうちに鎮圧された。

大塩平八郎は逃げおおせたが、多数の者が捕まり、謀反(むほん)の罪で死罪となった。

「その後、大塩平八郎は、四十日も身を隠していたと聞きましたが」

登一郎の問いに、矢部が頷く。

「あきらめていなかったのだ。御公儀に対して建白書(けんぱくしょ)を書き、一党の者が江戸に向かっていたと聞いている。しかし、大坂町奉行が届け出ることを許さなかったために、江戸で阻止されたのだ。遣いの者は建白書を持って帰る途中、箱根の関所で捕まり、役人に奪われて焼かれたと聞いている」

ううむ、と登一郎は腕を組む。

「仮に老中の手に届いても、破り捨てられていたでしょうな」

「そうであろうな」

頷き合う二人を児玉が見る。

「大塩殿が自害したときには、そのこと、知っていたのでしょうか」

「わからぬ」矢部は首を振る。

「知らずに、まだ望みを持っていたかもしれぬ。なれど潜んでいる所を見つかり、大塩殿は持っていた火薬に火をつけて死んだと聞いている」

うぅむ、と登一郎は顔を伏せた。

「いや、やはり」児玉が口を開く。

「矢部様がおられたら、あのようなことにはならなかったはず、跡部様が……」

その口に向けて、矢部が手を立てた。

しっ、と言って、庭に向いた窓を横目で見る。

障子の向こうで、人影がすっと離れて行った。

矢部がささやき声になる。

「もう帰られたほうがよい。顔を見られないように、気をつけられよ」

黙って頷く登一郎の横で、児玉はさらに膝行して間合いを詰めた。

「矢部様、わたしは矢部様の下で働けたことを誇りとしております。それだけは、お伝えしたく……」

声が詰まる。

矢部は静かに頷いた。

「その言葉、忘れまい」

庭で足音が鳴った。

さ、と目顔で促す。

登一郎は腰を上げながら、ささやいた。

「矢部殿、わたしも貴殿のなされた仕事と志(こころざし)、けっして忘れませんぞ」

矢部の目が鋭い上目になった。口が動く。

「無念だ」

掠れ声が漏れた。

登一郎は拳を握った。目と目が宙で重なる。

が、矢部は手を上げた。それを振って、外へと促す。

児玉はいま一度、平伏してから、立ち上がった。

見上げる矢部と目礼を交わして、二人は外へと出た。

廊下の端で待っていた岸部が、また廊下の先に立つ。

台所の土間から出る二人に、岸部はささやいた。

「番人が庭をうろついていました。裏門は開けてありますが、お気をつけて」

うむ、と登一郎は先に出て、ようすを窺った。

自分は隠居の身だが、児玉は役人だ、身元を知られれば、不都合となる……。そう思いながら、そっと歩き出す。児玉も足を忍ばせて付いて来た。

裏門が見えてきた。

と、背後から足音が駆けて来た。棒を持った番人だ。

登一郎は足を止めて、児玉のあとに回った。その背に手を当てると、耳にささやいた。

「出たら、すぐに走るのだ。わたしとはここで別れだ」

え、と振り向く児玉の背中を押す。

「さ、行かれよ」

「待て」

番人が走って来る。

児玉は裏門へと走り出した。

登一郎は身を翻して、番人と向き合う。

番人は棒を振り上げた。

登一郎は刀を抜く。

手の内で回すと、峰（みね）を上にした。

抜刀した登一郎に、番人が怯（ひる）むのがわかった。

足で地面を蹴り、登一郎は踏み出す。

刀を下に回すと、番人の脛を打った。

うめき声とともに、番人は身を折り曲げる。

登一郎はその耳に口を寄せた。

「すまぬな、だが、怪しい者ではない、ただの客だ」

そう言うと、踵を返し、走り出す。

「待て」

立ち上がろうとする番人に、岸部が飛び出してきて腕をつかんだ。

「やや、いかがなさった」

登一郎が振り向くと、振り払おうとする番人の腕を、岸部がつかんでいる。その横目がこちらを見ているのがわかった。

目で頷き、開いた裏門から、登一郎は走り出る。

児玉の姿はすでになかった。

勢いのまま、登一郎は坂を早足で下りた。

第五章　町の心意気

一

子供の大きな声に、真木登一郎は外に出た。

お縁の家の前で、預けられていた男児が母親にまとわりついている。隣に立つ男は赤子を抱いている。薄暮（はくぼ）の横丁に、長い影が伸びていた。

ほほう、と登一郎は親子を見た。母の具合がよくなったから、迎えに来たのだな……。はしゃぐ子を見るうちに、目元が弛んでくる。

「お世話になりやした」

深々と頭を下げる夫婦に、お縁は、

「いえいえ、ようござんした」

とにこやかに頷いた。

一家が横丁を出て行くのを見送っていた登一郎は、はっと、目を見開いた。

入れ違いに一人の武士が入って来たのだ。

きょろきょろと左右を見ていた武士は、登一郎に気づいて、あ、と早足になった。

登一郎も足を踏み出す。

やって来たのは作事奉行所大工頭の梶山だった。

「御奉行……いや、真木様」

前に立った梶山は、姿勢を正して低頭した。

「おう、よく来てくれた、さ、中に」

登一郎は家の中に誘う。

座敷に上がった梶山は目だけを動かして家の中を見た。登一郎は笑顔になって、

「遠慮することはない、見てよいぞ、町家など滅多に上がらぬだろう」

梶山も禄はさほど高くないが、旗本だ。

「はい」

梶山は顔ごと巡らせて、佐平の立つ台所なども覗き込んだ。

「いや、無駄のない造りですね、あとで奥も見せていただいてよろしいですか」

普段、大工を差配しているだけあって、目つきが違う。

「うむ、どこを見てもかまわんぞ」

佐平が持って来た茶を勧めると、登一郎は「して」と顔を見た。

「なにか、あったか」

「はい」と梶山は茶碗を置く。

「手代の林田家のことです、三男の源吾を勘当したそうです」

「勘当」

「ええ、なんでも源吾宛に町奉行所からお呼び出しがあったそうで、それに慌てたのでしょう、林田源五郎がすぐに息子を勘当したそうです。もう、届け出もすんだそうで」

「ふうむ、そう出たか」

「はい、それと、林田源吾と同時に加瀬勝之助もお呼び出しを受けたとのこと。なんでも、狼藉を共に働いたとかで。で、こちらの家も、すぐに勝之助を勘当にしたそうです」

「なんと、二人共か」

「ええ、わたしは手代の一人に、林田のことで知っていることがあれば、なんでも教えてほしいと言っておいたのです。その者、律儀者のうえ、もとより林田と親しくしていたので、打ち明けられたそうです。勘当のことも相談されたそうで、それは勘当したほうがよい、と勧めたとか」

「ううむ、まあ、部屋住みの息子であれば、さほどためらうことではあるまい。家の者にまで罪が及んではたまらぬからな」

「はい、で、すぐに、こちらは噂だったのですが、加瀬家のほうも勘当した、と伝わってきたのです」

「そうか、勘当すれば家の面目は保てる。それにほかの兄弟まで悪い評判が立ってはまずい、と思うたのだろう」

登一郎は息子らの顔を思い出していた。狼藉者が出れば、やはり放擲するだろう……しかし、それを決断するのはさぞつらいであろう、母親は泣いて反対するであろうし……。

「いやまあ」梶山は首を振る。

「武家での勘当はよくあること。跡継ぎの長男が不届きをした場合、身代わりに弟を差し出すことも珍しくないことですし」

「うむ……しかたあるまい。勘当されたとなれば、吟味も早く進むであろう」

「はい、親のかばい立てがなければ、当人もあきらめるでしょうね」

　梶山は頷いて茶を啜る。

　登一郎も茶から立つ湯気を吹いた。

「短気は損気、か」

「は」

　きょとんとして顔を上げる梶山に、登一郎は顔を苦く歪める。

「いや、林田家は不運だったが、息子は不運を不幸に変えたわけだ。不運を力に変える道もあったであろうに」

「はあ、なるほど」梶山が笑顔になる。

「いや、久しぶりに真木様の名言が聞けました」

「なにを……」登一郎は噴き出す。

「わたしは城中では直言、失言、暴言の男と言われていたのだぞ」

「はい、上に対しては、ですよね。下の者はそれを名言と言って、いつも感心していたのです。役所では、未だに真木様を慕う者らが、思い出話をしておりますよ。こうしてお会いしたことは、むろん内密にしますが、いやぁ、言ったら羨ましがられることでしょう」

笑顔の梶山から、登一郎は照れ隠しに顔を逸らす。

「そうだ、家の中を案内しよう、二階も見てよいぞ」

立ち上がった登一郎に、

「いいですか」

梶山も勢いよく腰を上げた。


翌日。

「ごめんください、深田屋です」

松太郎が戸を開けた。

「おう」と登一郎は招き入れる。

「ちょうどよかった。知らせたいことがあったのだ」

「はい、なんでしょう、とその前に」

松太郎は後ろに付いて来た小僧を中に入れた。小僧は抱えてきた風呂敷包みを上がり框に置くと、出て行った。松太郎は低頭する。

「先日はわざわざ足をお運びいただき、恐縮しております。あの次の日に、父が御奉行所に行って、真木様に教えていただいたことを、告げてまいりました。詳しくわかったので、真木様にお出ましいただかなくとも、大丈夫なようです」

「ふむ、さようか、ともかく上がられよ」

はい、と包みを持って座敷に上がる。

「で、これは改めてのお礼を、父からです」

松太郎は包みを解く。中からは、酒徳利と箱が現れた。

「お茶と紀州の梅干しです」

「おう、これはかたじけない、好物だ」

笑顔になった登一郎に、松太郎がかしこまる。

「して、知らせ、とはなんでしょう」

うむ、と登一郎も真顔に戻る。

「昨日、聞いたのだが、林田源吾と加瀬勝之助は勘当されたそうだ。奉行所から呼び出しが来て、親が慌てて勘当したらしい」

「えっ」松太郎が膝の上に手を握る。

「勘当、ですか……そうなると、罰はどうなるんでしょう」

「ふうむ、まあ、勘当されても罰は変わらぬだろう。おそらく江戸払い、中追放かもっと遠くへの重追放というところであろうな」

「そうですか、なら、いいですけど」

手を弛める松太郎に、登一郎は小さく顔を振った。

「だが、罰よりも、もっと事は悪くなる」

「え、といいますと」

「勘当されれば無宿人だ。家からは追い出され行く所もない。逃げる恐れが出てくるゆえ、牢屋敷に入れられたはずだ」

「牢屋敷……」

「うむ、おまけに無宿牢だ」

牢屋敷の牢はいくつにも分かれている。武士や僧侶は揚屋(あがりや)に入れられる。身分が高ければ、座敷の敷かれた揚座敷(あがりざしき)になる。一方、町人が入れられるのは大牢(たいろう)だ。大勢が入れられるため、人数を減らすための殺しなども行われる無法の牢だ。ほかには女牢、百姓牢などもある。そして、もっとも恐れられているのが無宿人を入れる無宿牢だ。殺人などを犯した荒くれ者や無法者が入る牢であるため、大牢よりも容赦がない。牢内の殺しなども頻繁に起き、遺体は牢外に打ち捨てられる。それは江戸ではよく知られたことだった。

松太郎は唾を飲み込んだ。

「あ、そういうことで……」

改めて手を握る。

登一郎は牢屋敷のある小伝馬町の方角に顔を向けた。

「今頃、己のしたことを悔いていることだろう。いや、生きておれば、だが」

そのつぶやきに、松太郎は、ほうと溜息を吐いた。

「ずっと、怒りがこのへんに固まっていたんですけど……」

握った拳で胸を叩く。と、その顔を上げた。

「今、それが解けて、抜け出たようです」

松太郎はなんともいえない、という面持ちになる。

登一郎も息を吐いた。

「人の足下を危うくするのは、その者の気構えだ。深田屋のせいではない」

「はあ」

小さく頷きつつ、松太郎も小伝馬町のほうを向いて、眉を寄せた。

二

朝餉をすませ、茶を飲んでいると、戸口に声がかかった。

「おはようございます」

新吉の声に、登一郎は自ら戸を開けた。

新吉は張り上げていた声を小さくして、そっとささやく。

「昨日、深田屋の若旦那が来てましたね。あの騒ぎ、どうなったんですかい」

「ふむ、あれか」登一郎は振り返って顎をしゃくった。

「上がられよ、話そう」

新吉は松太郎が襲われたときに関わり、深田屋に知らせにも行っている。知る資格はある、と登一郎は戸を開けたのだ。

「そいじゃ、お邪魔を」

新吉は上がり込む。

「おや、新吉さん、いらっしゃい」

佐平はすぐに茶を持って来た。

湯気をふうと吹く新吉に、登一郎は口を開いた。

「実はな……」

林田家のことを話す。

「へえ」と新吉は片眉を寄せた。

「そいじゃ、その源吾って倅は、長女が不始末から身売りしたことがばれて、養子の話がふいになったってわけですか」

「うむ、それで深田屋を怨んだのだ。共にいた加瀬勝之助は源吾に言われて手を貸しただけらしい」

「ふうん、親分子分みたいな繋がりは、男にゃよくありますからね」

うむ、と登一郎は頷いて、じっと新吉の顔を見た。

「このこと、読売で広めるつもりか」

「いえ」新吉はきっぱりと首を振った。

「仔細を聞いてますます……御武家が札差を怨んで襲ったなんて話、町のもんは喜びゃしません。町のもんは御武家の味方じゃない。けど、札差の味方でもありゃしません。早い話、どうでもいいってこってす」

「ふうむ、なるほど」

「貧乏御家人の娘御が、小さな不始末で身売りしなけりゃならなかったってえところは、町のもんは食いつきそうな話ですけど、ちっと不憫すぎる。林田家にとっても知られたくないこってしょうし、なによりもその娘御は明かされたくないでしょう。読売にしちまったら、その娘はどのお店に出てるなんて、おつむの軽い男が探すに決まってまさ」

ふむ、と登一郎は深く頷いた。

「あたしはね」新吉は茶碗を置いた。

「命をかけて読売を作ってるんです。売れりゃあなんでもいい、なんて作り方はしやしません」

「ほう、命がけか」

確かに、と登一郎は思う。読売は公儀から監視を受けている。

もともと出版されるものはすべて公儀の検閲を受け、禁止されるものも多い。寛政の改革で質素倹約を掲げた松平定信は、娯楽を禁止したため、錦絵まで禁じた。江戸の出版を率いていた蔦屋重三郎は、罪人として手鎖の刑を受け、財産を没収されたほどだった。

寛政の改革を手本とする、と公言した老中首座水野忠邦は、同じように多くの娯楽を禁止している。さらに水野の信が厚い鳥居耀蔵が南町奉行となってからは、町中の取り締まりが厳しくなり、読売にも及んでいた。

「いや、全部が全部ってわけじゃありませんが」新吉は肩をすくめる。

「火事や御救小屋なんぞの知らせは、お咎めはありませんからね」

火事の知らせは見舞いに役立つし、大工などもすぐに駆けつけていける。災害のあった際に建てられる御救小屋は、読売がその場所を知らせることで、作ったほうも行く庶民も重宝する。

「けど、あたしが一番やりたいのは、御政道のことなんで」

新吉の目がまっすぐになった。

読売には遊びの話も多い。珍しい動物が来た、おかしな出来事があった、などの話を出す読売もある。そうした内容であれば、お咎めを受けることは少ない。しかし、世の中の風刺(ふうし)や御政道に関する内容はことごとく禁止される。

そもそも御政道は城中で語られるもの、というのが通念となっている。町人は御政道について語ってはならない、というのも長く続く公儀の決まりだ。一揆に関することやお家騒動のこと、外国(とつくに)の動きなども、口にしてはならないとされている。城中の動きや人事なども、同様であった。

「あたしはね」新吉が身を乗り出す。

「五年前に、読売をやるって決めたんです。あの大塩平八郎の騒動を読売で知って」

「ほう、あのときか、新吉さんはいくつであった」

「二十歳でした。暦売りの親方について修業中で。で、町で読売を買って、大坂でえらいことが起きてるって知ったんでさ」

「ううむ、確か、数日のちには江戸の町でも広まったようだな」

「ええ、あちこちで読売が立って、みんなこぞって買いました。すぐに役人が飛んで来て、蹴散らされましたけどね」

新吉は思い出したように、目をくるくると動かす。

「いや、あれは隠れてすぐに読みました。そうだ、先生ならお城にいたんだから、ご存じでしょう。大塩平八郎は蜂起する前、大量の蔵書を売り払って金を作って、それを貧しい者らに配ったってぇ話。六百両をこえる金子を得て、一人頭一朱ずつ渡したって、読売に書いてありました。あれは、本当のことなんでしょう」

「うむ、それは城中にも伝わって来た」

「ああ、やっぱり。江戸じゃみんな、大騒ぎでしたよ、武士の義民なんざ珍しいって言って。読売に書いてあった落首も、あたしは未だに覚えてますよ。大塩があまたの本をうりはらい、これぞまことの無ほんなりけり、ってね」

うぅむ、と登一郎は黙り込む。そのような落首もあったのか……。

「それと、あれは」新吉の声が高くなる。

「町に攻め出た大塩平八郎の一党が大砲や銃を撃ったところ、応戦のために出張っていた跡部大膳と堀利堅の両奉行が、音に驚いて馬から落っこちたってぇ話。あれも本当のことなんでしょう」

ふうむ、と登一郎は目顔で頷いた。

「それも、伝え聞いている」

江戸の武士の名を汚したと、城中でひそひそと陰口が交わされていた。

「はっはぁ」新吉が膝を打つ。

「ざまあねえや、いや、あの話は面白かった、大坂で物笑いになった話も書いてありましたよ。大坂天満(てんま)の真ん中で、馬から逆さにすってんてん、こんな弱い武士は見たこたぁない、ってね」

登一郎は苦笑する。容赦ないな……。

新吉は腹に手を当てた。

「いや、あたしは読売を読むうち、腹の底がふつふつと熱くなったんです。あんなのは生まれて初めてだった」

新吉はその手を拳にした。

「もう、次の読売が楽しみで楽しみで……そしたら次は、大塩平八郎が見つかって自害したって話だった」

新吉の顔が歪む。

「おまけに、最後の読売は手が震えましたぜ。黒焦げになった大塩平八郎の遺骸は塩漬けにされてて、そいつを磔にしたって話……」

大塩一党の反乱軍はすぐに鎮圧され、多くが死罪となった。さらに逃亡していた大塩平八郎も自害したことで、騒動は鎮まった。しかし、正式な裁きを行わなければ公儀の面目に傷がつく、見せしめにせよ、という声があがり、沙汰が下された。塩漬けにされていた大塩平八郎と養子格之助の焼死体は、市中引き回しの上、磔、獄門とされたのだ。

新吉は拳を胸に当てた。

「その読売を呼んだ頃には、あたしはもう決めてたんです。あたしも読売をやろうって」

「ふうむ、そうであったのか」

「はい、なので、読売のあとを追っかけて、弟子にしてくださいって頼んだんです。で、身元を言ったらなんと、うちの親方も一枚嚙んでるってことがわかって、そっから話が進みました」

「ほう、そのようなこともあるのか。摺物（すりもの）を作る者同士、という繫がりなのか」

「ええ、そういうのもあったみたいです。で、弟子に入ったら、そこに文七さんがいたんです。久松さんはあとから入って来たんですけどね」

ふうむ、と登一郎は二人の顔を思い浮かべる。

「縁、というものだろうな」

「ええ、あたしもそう思います。袖振り合うも多生（たしょう）の縁ってやつですね。この横丁に集まるお人もそうだと、あたしは思ってますよ」

うむ、と登一郎も頷く。縁か、不思議なものだ……。

「ところで」新吉が神妙な顔になった。

「矢部様の評定のこと、なにかお聞きになってませんか。あたしどもも評定所にはちいと伝手があるんですが、なにも動きはないみたいで」

「ほう、いや、わたしも聞いてはおらぬ……」

しばし黙り込んでから、登一郎は抑えた声を出した。

「実は先日、会ってきたのだ」

「えっ、矢部様とですか」

「うむ、屋敷には番人がいて、近寄りがたくなっているのだが、そこをこっそりと、用人に頼んでな」

「それは……いかがでした、矢部様のごようすは」

「元気であられた。いや、気が昂ぶっているゆえ、とご当人は仰せだった。理不尽への憤りで、お心が鎮まらないのだろう。いや、これは書いてもらっては困るのだが」

「わかりました、あとは、なにかおっしゃってませんでしたか」

うむ、と登一郎はさらに声を低めた。

「無念だ、と」

ああ、と新吉は腰を浮かせた。

「そりゃ、そうでしょうとも、くそっ、妖怪どもめ」

勢いのまま立ち上がると、拳を振り上げた。

「矢部様の無念を伝えてみせますぜ」

登一郎はその顔を見上げる。

上気した新吉の顔につられ、登一郎も首が熱くなってくるのを感じていた。

新吉が出て行くと、入れ替わりのように長明が入って来た。

「父上、よいですか」

「おや、来ていたのか」

「はい、お客人のようだったので、辺りをぶらぶらとしていたのです」

「ふむ、上がれ」

「いえ」長明は顔を巡らせる。

「上野の山に行きませんか」

「上野」

「はい、寛永寺（かんえいじ）に参拝したくなったのです」

　ふむ、と登一郎は奥の佐平に振り向いた。

「中食はいらぬ、出かけてくる」

　はーい、という返事を背に、登一郎は長明と外に出た。

「実はお話ししたいこともあって」

　息子の言葉に、

「ほう、わたしもだ。だが、まずそなたから話すがよい」

と、父は促す。

神田の町を抜けながら、長明がちらりと父を見る。

「林田源吾のことを教えてくれた友から聞いたのです。源吾は勘当されて牢屋敷に入れられているそうです」

「ふむ、そのことか、わたしが伝えたかったのもそれだ」

「え、誰から聞いたのですか」

「奉行をしていたときの配下からだ。林田家のことを調べてもらったのでな」

「そうでしたか」長明は空を仰ぐ。

「わたしの探索のせいだと思って、少々、気が重くなっていたのです」

「ふむ、それで寺参りをしたくなったのか」

「はあ、なんとなく、お参りがしたくなったのです」

上野の山は、山全体が徳川家の菩提寺である寛永寺の境内だ。民にも開放しているため、点在する大小の堂宇に多くの人々が参拝に訪れる。

「安心しろ」登一郎は息子の横顔を見つめる。

「そなたのせいではない。そもそもが、自業自得だ」

はあ、と長明は眉を寄せた。

「ですが……」

「死んだとは聞いていないのであろう」

「ええ、それは」

「うむ、なれば大丈夫、母御が届け物をしているに違いない」

　牢屋敷に入れられた科人(とがにん)には、届け物をすることが許されている。食べ物や着替え、布団など、さまざまな物を家族は持参し、それを牢屋敷の役人が受け取って渡す仕組みだ。その届け物の中に、こっそりと金子(きんす)を忍ばせるのが通例で、それは役人も黙認している。一部は賄賂として役人にも渡されるからだ。牢の中では金がものをいい、金が届け入れられる者は殺されることもない。

　そうか、と長明はつぶやく。

「けど、母御はつらいでしょうね」

「そうさな、父親はどうだかわからぬが、母親は泣いておろうな」

　父の言葉に、息子は大きな溜息を吐く。

「親不孝ですよね」

　意外な言葉に、登一郎は息子の顔を覗き込んだ。

「そなたからそのような言葉を聞くとは思わなんだ」

いやぁ、と長明は首を振る。

「こたびのことで、思い出したのです。以前、町で刀を抜いたことがあって、あのときにもしも捕まっていたら、と……」

「なに、まさか町人を斬ったのではあるまいな」

前に回り込む父に、息子は慌てて首を振る。

「違います、斬ってもいません」

そうか、と横に戻った登一郎を、息子は横目で見る。

「浅草寺（せんそうじ）の境内で浪人に絡まれたのです、刀がぶつかって傷がついたから弁償しろ、と。ぶつかってきたのは向こうだし、鞘は傷だらけでしたから、そのようなゆすりには応じられぬ、と諍いになりました。で、相手が刀を抜いたために、わたしも抜いたのです」

「なんと、よりによって浅草寺でか」

浅草寺は徳川家の祈願寺だ。その境内での抜刀は御法度（ごはっと）になっている。

「はあ、つい。なれど、すぐに寺侍が駆けつけて来たので、逃げました」

大寺には警護のための寺侍が詰めている。

「そうか」登一郎は息を吐いた。

「しかし、迂闊(うかつ)なことを」

「はい、その折にも悔いたのですが、こたびでさらに深く悔いた次第です。捕まっていたら、大変な親不孝になっていたと……」

うなだれる息子の肩に手を置くと、力を込めた。

「そうさな。林田源吾はおそらく江戸追放になる。そうなれば、母御は心配でたまらぬだろう。ご飯はちゃんと食べていようか、風邪などひいてはいまいか、寒さに凍えておるまいか、と……」

「はあ、そうですよね」長明は顔を上げた。

「ですから、わたしは今後、身を慎みます」

ふむ、と登一郎は息子の横顔を見た。それを誓うために、参拝を思い立ったのか……。

「よし、お堂を順に回り、すんだら水茶屋で団子を食おう」

「はい」

親子は道の先に見えてきた上野の山に目を向けた。

三

三月二十一日。

湯屋に行こうと横丁を出た登一郎は、その足を止めた。

道の向こうから、納豆売りの久松が走って来る。血相を変えて、という面持ちだ。

その目が登一郎を認めたのがわかった。

走り来る場に立って、登一郎は、

「なにかあったか」

と、声をかける。

横をすり抜けながら、

「お沙汰が出たんでさ」

足を止めない久松に、登一郎もついて走り出す。

「お沙汰とは……矢部殿か」

「へい、今、評定所の伝手で聞いて……新さんに知らせなきゃ」

横丁に入って行く。登一郎もそれに続いた。

「新さんっ」

戸を開けて飛び込んでいく。

「おう、どうした」

「矢部様のお沙汰が下りた、とんでもねえ話だ」

座敷に上がる久松に続いて、登一郎も土間に入り込んだ。

「わたしにも聞かせてくれ」

頷く新吉に、登一郎は戸を閉めて上がり込む。

「二階へ」

階段を上る新吉に、久松、おみねが続き、登一郎もあとを追った。

畳にどっかと座ると、久松は肩を揺らし、息を整えた。

息を吸いながら顔を巡らせると、口を開いた。

「矢部様は御家断絶のうえ、永預(えいあず)けだ」

「なんだって」

新吉が声を上げる。

「なんと」

登一郎も唸った。

「なんでそんなこと」おみねが身を乗り出した。

「もう一人も同じなのかい」

「いいや」久松も上体を突き出す。「それがとんでもねえって話だ。前の南町奉行筒井政憲は、御役御免に差し控え、でお仕舞いだ」

「なんだと」新吉が腰を浮かす。

「元はといえば筒井様の不始末じゃないか、その当人よりも、矢部様のほうが重い罰ってのはどういうことだ」

ううむ、と登一郎は唇を嚙んだ。

御家断絶は武家にとって死罪に次ぐといってもいいほどの重罪だ。永預けもそれに匹敵(ひってき)する。遠方の藩主の屋敷に預けられ、一生、預けられた屋敷に閉じ込められる刑罰だ。二度と江戸の土を踏むことは叶わず、永追放(えいついほう)とも言われる。

「なんと、理不尽な」

その拳が握られ、震える。

「そりゃ」おみねが胸を反らす。

「水野の腹いせだろ、なんてやつだ」

「おう」久松が膝を打つ。

「それに鳥居耀蔵や跡部大膳が乗っかったってやつよ。汚ねえやつらだ」

登一郎は彼らの顔を思い浮かべ、さらに唇を嚙みしめた。あの者ら、今頃、笑っているに違いない……。拳がさらに震えてくる。

と、その顔を久松に向けた。

「預け先は聞いたか」

「へい、伊勢桑名藩（いせくわなはん）の松平定猷侯（さだみちこう）だそうですぜ」

くっと、登一郎は眉間に皺を刻む。

「よりによって桑名藩か」

え、と新吉が顔を向けた。それに登一郎が答える。

「今の桑名藩主は松平定信の曾孫（ひまご）だ」

「あ、そうか」

新吉が頷いた。

松平定信は徳川家から陸奥白河藩（むつしらかわはん）の松平家に養子に入り、跡を継いだ。その後、定信は隠居して息子に家督を譲ったものの、大殿として力を握っていたため、転封（てんぽう）を願い出た。東北の厳しい風土の白河藩から、東海道（とうかいどう）沿いで便がよく、温暖でもある桑名藩へ移りたいと願い出たのだ。時の将軍は家斉であったが、実権を握っていたのは父の治済（はるさだ）であった。定信と治済は従兄弟（いとこ）でもあったため、確執はあったものの転封の願いは許された。桑名藩は抵抗したものの、徳川家の力で移封は実現された。

新吉はおみねと久松を見る。

「水野は松平定信の寛政の改革を真似るって言ってるくらいだから、尊敬してるのかもしれないぜ」

「ちょっとちょっと」おみねが手を振る。

「桑名なら蛤（はまぐり）が名物だろう、ちょうどいいじゃないか」

「ああっ、そうだ」

新吉が手を打つ。

「おう、こらぁいいや」

久松も膝を打つ。

なんのことか、と登一郎は目を動かす。東海道の桑名は焼き蛤が名物で、江戸の者はそれを食べることを旅の楽しみにもしている。〈その手は桑名の焼き蛤〉などという駄洒落（だじゃれ）もあるほどで、知らぬ者はいない。しかし、と登一郎は首をひねった。なんのことはわからない。

「そいじゃ、あたしは」おみねは立ち上がった。

「文七さんを呼んでくるよ」

「おう、頼む」

新吉は身を回して文机に向いた。

「これから作るのだな」

登一郎が机を覗き込むと、新吉はにっと笑った。

「いや、もう大体はできてるんでさ」

そう言って、長方形の版木を手に取って見せた。

え、と登一郎は顔を寄せる。

木にはすでに文字が彫り込まれている。左右の上下には、絵も彫り込まれていた。

「あとはここでさ」

新吉が、版木の最後のほうを指でさす。そこだけなにも彫られおらず、木が平らになっている。

「お沙汰の内容を彫り込めばできあがるように、あらかじめ作っておいたんです。読売は早さが命ですからね」

「なるほど、そういう仕組みか」

「ええ」新吉は版木を置くと、襷（たすき）を掛けて袖を括った。

「さっそく彫らなけりゃ。矢部様の無念も彫り込むぜ」

「おう、それじゃ」久松が棚から紙の束を引っ張り出す。

「あっしは摺りの用意を始めるぜ、見てろよ、妖怪ども」

久松も襷を掛ける。

二人の背中を見て、登一郎は立ち上がった。

「邪魔になるな、帰ろう」

真剣な眼差しの二人からは返事がない。

登一郎はそっと階段を下りた。


夜の横丁に、登一郎は二階の窓を開けて首を突き出した。

新吉の家の二階を見る。灯りがともり、窓が明るい。

下に下りると「佐平」と声をかけた。

「明日は早めに多めのご飯を炊いて、握り飯を八つ、作ってくれ」

「はい」

布団の横で佐平は頷いた。

二階に戻って、登一郎も布団に潜る。が、天井を見上げたまま口を曲げる。

御家断絶、という言葉が頭上をぐるぐると回る。

永預けという言葉が、耳の奥で鐘のように鳴る。

くそっ、とつぶやいて、登一郎は身を起こした。

矢部定謙の顔が浮かんで、無念、とつぶやいた。

その上に水野忠邦や鳥居耀蔵、跡部大膳の笑う顔が被さった。

ええい、と登一郎は立ち上がる。

再び、窓を開けて、新吉の家を見た。

灯りはともったままだ。

そのまま夜気を顔に受け、登一郎は夜空を仰いだ。

下弦（かげん）の月が浮かび、星がきらめいている。

そうだ、と登一郎は手を打った。その手があった……。

浮かんだ名案に頷き、登一郎は再び布団に入った。

よし、とつぶやき、今度は瞼（まぶた）を閉じた。深い息はやがて浅い寝息に変わった。

四

夜明けとともに、登一郎は布巾のかかった皿を抱えて新吉の家に向かった。

表の戸は閉まっている。裏の勝手口もやはり内側から心張り棒がかけられていた。

が、登一郎は耳を澄ませた。中で人の動く気配がする。そっと声をかけた。

「おみねさん、わたしだ」

心張り棒が外され、戸が開いた。

「先生」

おみねはしょぼしょぼとした目を見開く。

登一郎はするりと台所の土間へと入った。

「握り飯を持って来た。皆、遅くまで仕事をしていたのであろう」

布巾の下から現れた握り飯に、おみねは笑顔になった。

「ああ、うれしい、これからご飯を炊こうとしていたところなんですよ」

おみねは皿を受け取って、座敷へと上がりながら振り向く。

「どうぞ、みんな二階で寝てますけど、起こします」

おみねについて二階に上がると、新吉が上体を起こしていた。

「ああ、先生でしたか、話し声がするんで目が覚めたとこで」

「そら」おみねが握り飯を見せる。

「先生が持って来てくだすったんだよ」

「おお、こりゃ、ありがてえ」

その声に、横になっていた文七と久松も起き上がった。

目をこすりながら、登一郎と握り飯を見る。

おみねは皿を置くと、

「今、御味御汁(おみおつけ)を作ってくるからね」

と、下へと降りて行く。

新吉は「先生からだ」と言いながら、握り飯を手に取る。

「そりゃ、ありがとうござんす、腹が減ってたんで」

久松も文七も手を伸ばした。

登一郎は隅に積み上げられた紙の束を見た。

「できたのか」

「はい」新吉は一枚を取って、差し出した。

「読んでみてください」

うむ、と手に取る。

〈妖怪に襲われた八さんの話〉と、最初に書かれている。妖怪は鳥居耀蔵のことだと、すぐにわかる。

八さんはよくある名の通称だな、いやそうか、八をやと読めば、矢部定謙のことだとわかるな……。

〈南西屋敷に住む八さんが妖怪に襲われた〉

南西……そうか矢部殿は南町奉行と大坂西町奉行を務めたから、そこから取ったのだな……。

〈妖怪は二匹、一匹は化け貝〉

ふむ、貝を鳥居耀蔵の甲斐守にかけてあるのだな……。ちらりと右端に添えられた絵を見る。大きな二枚貝から長い舌が出ている。その横には頭が三つある大蛇も描かれている。

〈もう一匹は三つ首の大蛇〉

みつ、を水野にかけてあるのか、すると首は首座、という意味だな、ふむ、これで老中首座水野忠邦であると暗示しているわけか……。

〈この二匹が、ある日、八さんの小さな屋敷を襲ってきた。上から下から、二匹の妖怪は襲いかかり……〉

妖怪の不気味さや悪逆(あくぎゃく)さが書かれている。

〈この化け貝、舌がよく回って親分の三つ首大蛇を唆(そそのか)すこと巧みなり〉

登一郎は左上の絵を見た。

一人の男が化け貝の舌や大蛇の舌に搦(から)め捕られそうになっている。男の顔立ちは小さいながらも、以前、登一郎がおみねに語ったとおりに描かれていた。

うむ、知っている者が見れば矢部殿とわかるな……。

話は進み、二匹の妖怪は八さんの屋敷を乗っ取り、追い出していく。

その最後を、読んだ。

〈八さんはついに家を取り潰されることとなれり〉

御家断絶のことだな……。

〈さらに西へと吹き飛ばされて、八さんは化け貝の仲間、食わなの大蛤に捕まれり。大蛤に呑み込まれ、一生、出ることかなわず〉

食わなは桑名、そこに永預けとなったこともわかる仕組みか、なるほど、化け貝と仲間の大蛤で桑名がちょうどいい、といったのだな……。

登一郎は顔を上げた。

握り飯を頬張りながら、新吉はどうだ、と笑みを浮かべた。

文七も運ばれてきた味噌汁を飲みながら、登一郎の顔を窺う。

「うむ、さすがだ、文もよい。今日、売りに出るのか」

文七もにやりと笑って、胸を張る。

「これから出ますよ」

「そうか」

登一郎は懐から小さな笛を出すと、掲げて見せた。

「お、そりゃ、清兵衛さんの笛ですね」

「うむ、先月、余分があるからともらった物だ」

役人に追われて逃げ込んだ者を横丁で匿った際、清兵衛から渡された物だった。役人が来たら吹いて知らせるための笛だ。小さいが音は高く響く。

登一郎は笛を持ったまま皆を見た。

「わたしも行かせてくれ。近くで見張りをして、役人が見えたらこの笛を吹く」

先月、読売を売る場に行った際には、久松が見張り役をしていたのを見ていた。役人を見つけた久松は、指笛を吹いて知らせ、三人はちりぢりに走って逃げた。

男三人は顔を見合わせる。

「そら、助かるんじゃねえか」

久松が言うと、文七が頷いた。

「おう、そうしてもらえればおれも売る側に回れる」

「そうだな」新吉は皆に頷いて、登一郎に向いた。

「そいじゃ、お願いします。けど、先生は仲間だと思われないように、走って逃げないでください。客に混じってその場を離れれば、役人に見咎められることはありませんから」

「うむ、わかった」

「で、一度散ったら、次の場所に半刻後に集まります。今日の売り場は、まず両国の西橋詰(にしはしづめ)、その次が上野の広小路、その次が神田明神(みょうじん)……」

久松が眼をくるくると動かす。

「三人で売りゃ、神田明神で売り切れちまうんじゃねえか」

「おう、多分な」

新吉も目を細める。

おみねが摺り物に使う馬楝(ばれん)を手に取った。

「そいじゃ、あたしゃここで摺りを続けてるよ」

「おう、頼んだぜ」

新吉は読売を腹巻きにしまい始めた。

文七、久松もそれに続き身支度を始める。

「先生」新吉が顔を上げた。

「先生は橋詰に先に行っててください」

「うむ、承知」

登一郎は笛を握りしめて立ち上がった。


両国橋の橋詰は広小路になっており、いつも大勢の人が行き交っている。茶店や蕎麦屋、寿司屋などの屋台も多く、出商いや見世物芸人もいる。

ゆっくりと広小路を歩いていると、走る足音が聞こえてきた。

路地から、深編笠を深く被った新吉らが飛び出して来た。読売は素性を知られないため、笠をかぶるのが常だ。

人混みの中に立つと、新吉は声を放った。

「さあさあ、読売だよ、できたてだよ、八さんと妖怪の話だ」

人がたちまちに寄って行く。

「南西屋敷の八さんが妖怪に襲われたからたまらない、三つ首の大蛇と化け貝だ、この妖怪ども、悪さをするな、と諭した八さんを逆怨みだ。邪魔なやつめと妖怪どもは上から下から襲いかかり……」

新吉の口上に皆が聞き入る。

登一郎は目を四方に配っていた。

人の輪が膨らんでいき、登一郎の耳にも人々の声が聞こえてきた。

「妖怪っていやぁ、鳥居耀蔵のこったろう」

「おう、三つ首ってのは誰だ」

「水野の首座のこっちゃねえか」

「おう、となれば八さんはやの字で矢部様だな」

男達が言い合う。

新吉の口上は続く。

「八さんはみんなに慕われていたが、悪のほうが力が強いのが世の習い、妖怪は汚い手でも平気で使う」

「おうよ」

男の声が上がる。

「汚えぞ、妖怪ども」

新吉は読売を掲げ、声を放つ。

「八さんの抗い虚しく、ついに妖怪どもが勝ち鬨を上げやがった。屋敷は潰され、八さんは遠くに閉じ込められることになったってんだからとんでもねえ、ええ、これが昨日の話だ」

人々がざわめく。

「え、御家お取り潰しってことかい」

「矢部様にお沙汰が下されたのか」

「まさか、矢部家断絶かよ」

「そいじゃ、閉じ込めってのは……」

新吉の声が高くなる。

「さあさあ、詳しくはこの読売を読んでくれ」

「おう、くれ」

「こっちも」

人々の腕がたちまちに伸びる。

押し寄せる人々に、三人は読売を売りさばいていく。

登一郎は人の輪から離れ、橋へと足を向けた。

勾配(こうばい)のついた橋を少し上って、広小路を見渡した。

読売を買った人々は、皆、読み込んで話をしている。

登一郎はその向こう、広小路に繋がる道を順に目で追っていた。

その手には、すでに笛を握りしめていた。

あ、と登一郎は手を上げた。

一本の道を、十手(じって)を手にした同心が走ってくる。手下の岡っ引きも続いている。

咥(くわ)えた笛を、登一郎は思いきり吹いた。

ピィーッ、と高い音が響き渡る。

笠を被った三人は、人をかき分けて走り出す。

三方に散って、細い道へと消えて行く。

人々も同時に、読売を懐にしまうと、早足で四方に散って行った。

広小路に走り込んだ同心は、辺りを見回して、人々に声をかける。かけられた者らは首を振り、肩をすくめて、忙しそうな足取りで去って行く。

登一郎は橋を下りて歩き出す。広小路を抜けて、小さく振り向いた。すでに人の輪はなく、いつもの広小路に戻っていた。

次は上野だな……。登一郎は顔を上げて辻を曲がった。

五

四日後。

朝餉をすませてのんびりと茶を飲んでいる登一郎を、佐平が奥から振り向いた。

「おや、今日はお出かけなさらないんで」

この五日間、読売の見張りを続けていたため、朝餉をすませるとそそくさと出かけていた。

「うむ、もう仕事は終いだ」

江戸のあちらこちらで売り、読売はもう行き渡っていた。

どれ、と登一郎は立ち上がる。

「久しぶりに朝湯でも行くか」

手拭いを取ると、懐にしまった。

横丁を出ると、そこに清兵衛が見台を出していた。

「おう、清兵衛殿、今日は店出しか」

横に立つと、清兵衛は「うむ」と見上げてきた。

「登一郎殿はもう非番となったか」

読売の売り出し初日、夜に、登一郎は見張り役を引き受けたと、清兵衛に告げていた。

「うむ、なにしろ、使うのは清兵衛にもらった笛だ」

主な町は回ったし、十分売れたというので、昨日で終いだ」

「そうか、役人もムキになるからな。わたしも読んだが、こたびの」

読売は切れ味がよくて面白かった。

清兵衛は笑う。と、道行く男二人に顔を向けた。

「ああ、そら、その話だ」

登一郎も耳をそばだてる。

「へえ、そいじゃ矢部様はもう桑名に向かったのかい」

「らしいぜ、お沙汰を下せば、間を置かないからな」

「ふうん、御家断絶ってなると、家のもんはどうなるんだい」

「さあな、一家揃って小さい家にでも移るんだろうよ」

「そうか、奉公人は大変だろうな」

「おう、中間なんぞは慶安を頼れるが、家臣は浪人になって困るだろうな。御公儀に睨まれた家の浪人なんぞ、どこも拾わねえだろうからな」

話しながら、去って行く。

反対側から、職人ふうの男二人がやって来た。

「ったく、妖怪どものやりたい放題じゃねえか、ざけんじゃねえってんだよ」

「おう、城の役人どもはなにをしてやがんだ、ったくよ」

「ふん、我が身大事で、見て見ぬ振りなんだろう。なあにが武士だ、ケツの穴の小せえ野郎どもだぜ」

「おうよ、普段、威張り腐ってやがるのに、肝心なときには役に立たねえ。田んぼの案山子（かかし）だって雀（すずめ）くらいは追い払うぜ」

登一郎は唇を噛んで、顔を伏せた。くそう、と胸中でつぶやく。なに一つ、言い返すことができぬ……。

清兵衛はその顔をちらりと見て、目を戻した。

職人のあとに、大店の主と若い手代ふうがやって来た。

「けど、評定には遠山様も加わっておいでだったんですよね。なんとか、できなかったんでしょうか」

首をかしげる手代に、主は顔を横に振る。

「多勢に無勢、というやつだろうよ。それに相手が大きすぎる。鳥居様だけならまだしも、上は老中首座、その下には跡部様だってついているからね」

「はあ、そういうもんですか」

手代の溜息に、主は苦笑する。

「世の中で勝つのは正しい者じゃあない、力の強い者だ、それがたとえ悪い力でもね。それは肝に銘じておくんだよ」

「はあ」

手代は顔を歪めつつ頷く。

登一郎は上げた顔で、去って行く二人を見た。

その脳裏に、遠山金四郎の顔が浮かび上がった。

「遠山殿はさぞかし難渋なさっておろうな」

「ああ」清兵衛が頷く。

「わたしもずっと気にかかっている。あのような沙汰、さぞ口惜しい思いをしているに違いない」

うむ、と登一郎は清兵衛の斜め前に回り込んだ。

「わたしも口惜しい。しかし、読売を手伝えたおかげで、少しだけ、気が収まった。そうでなければ、腸が煮えくりかえって、血を吐いたかもしれん」

「ふむ、町人らでさえあれほど怒っているのだ、矢部様を直に知るお人らは、さぞかしであろう」

清兵衛は神妙に頷く。しかし、と続けた。

「昨日からここに出ているが、読売は大いに役に立っているぞ。皆、あの沙汰を知って憤っている。矢部様もどこかの宿場で、江戸の者らの心意気を耳にするかもしれん」

「なればよいが」

登一郎は東海道の方角へと、顔を向けた。

空では雲が形を崩しながら、そちらのほうへと流れていた。


夕刻。

「登一郎殿」

清兵衛の声に、登一郎が立ち上がると、返事をしないうちに戸が開いた。

戸を開けた清兵衛は、後ろにいた人影を中へと導いた。その姿に、

「え、遠山殿」

迎え出た登一郎が驚く。

清兵衛も続いて入り、戸はすぐに閉められた。

「いやぁ」と遠山金四郎は口元を歪める。

「こっそり役宅を抜け出してきたのだ、一刻（二時間）だけ、邪魔をしてよいか」

「もちろん」登一郎は二人を座敷に招き入れる。

「ちょうどよかった、到来物のよい酒が二升になったのだ、佐平、膳を頼む」

はい、と佐平はすぐに膳を調え、

「肴を見繕ってきます」

と、裏から出て行った。

酒を注ぎ合うと、改めて登一郎と清兵衛は金四郎の顔を見た。頰がこけたように見える。

登一郎は目を逸らすと、「ではまあ」とぐい呑みを上げた。

おう、と金四郎は口に運び、一気に飲み干した。

ふう、と息を吐くと、手酌で酒を注ぐ。

「すまんな、飲まずにおれん」

うむ、と登一郎と清兵衛は頷く。

金四郎は立て続けに酒をあおると、息を吐いて天井を仰いだ。が、その顔をがくりとうなだれると、

「面目ない」

と、つぶやいた。

「いや」

二人の声が揃うが、言葉が続かない。

金四郎は宙を見て、掠れた声を出した。

「よもや、あのような非道な沙汰を下すとは思うていなかった。甘かった」

清兵衛が酒を注ぐ。

「誰もが同じだろう。まさか、あれほど道を外した評定をするなど、思った者など一人もおるまい」

「うむ」登一郎も頷く。

「あそこまでするとは、わたしも驚いた、いや、呆れかえった。呆れたと同時に、怒り心頭となった。矢部殿を知る者は、皆、同じはず」

はあっ、と金四郎は息を吐く。

「最後に沙汰の内容を知って、強く抗議したのだ。したが、わたしの言うことなど歯牙にもかけられなかった」

「ああ」清兵衛が眉を寄せる。

「初めから、金さんの意を汲み入れる気などなかったんだろうよ」

「相違ない」登一郎も顔を歪める。

「水野一派は、はなから矢部殿を排することを決めていたに違いない。遠山殿がなにを言うても、生かされることはなかったろうと、わたしは思いますぞ」

「くそっ」

　金四郎は酒をあおる。

　清兵衛が空になったぐい呑みに酒を注ぐ。

　戻って来ていた佐平が、大きな盆を持ってやって来た。

「居酒屋で分けてもらって来ました。粗末ですが」

　茄子の田楽と蛸の煮物、それに鯵の干物を置いていく。

「さあ、金さん」

　清兵衛が蛸の盛られた鉢を突き出すと、金四郎は手でつまみ上げた。それを口に放り込むと、思い切り嚙みしめる。

「ふむ、うまい」

つぶやいて、蛸を次々に口に運ぶ。

おそらく、と登一郎はその顔を見ながら思った。ろくに食べていなかったのであろう……。

金四郎は茄子にもかぶりついた。それを呑み込んで、酒を流し込む。

その手をふと止めて、酒を見つめた。

「よい酒だな」

清兵衛が笑みを向ける。

「おう、やっと味がわかったとみえる」

「うむ」金四郎は苦笑した。

「ひと息、ついた」

今度はゆっくりと、酒を含んだ。

そのぐい呑みを下ろすと、赤くなった顔で、二人を見た。

「わたしは決めたぞ、この先は屈したりはせぬ。矢部殿の無念を腹に据えて、抗ってみせる」

「おう、それでこそ金さんだ」

　清兵衛の言葉に、金四郎は胸を張る。

「相手が妖怪だろうが、老中首座だろうが、意のままにさせてたまるか」

　うむ、と登一郎も赤らんだ顔で頷く。

「わたしもこの横丁で、ささやかに抗う所存。雨の一滴とて、川の流れに乗り、海のうねりに合流することができよう」

　手を振り上げる登一郎に、清兵衛も「そうだ」と真似る。

　金四郎も「おう」と拳を上げた。

六

　登一郎は納豆汁をふうと吹いて啜った。

「うむ、染み渡る」

　昨夜の酒が少しだけ、残っていた。

「昨日から久松さんが戻って来ましたからね、やっぱり刻み納豆は久松さんのが一番で。葱の刻みの細かいのが、口当たりをよくしてるんでしょうね」

　む、と登一郎は顔を上げた。

「そうか、だが、ずっと納豆汁は出ていたな」

「そりゃ、納豆売りは何人も来ますから。久松さんが来ないから、いろんな人から買ってたんですよ。先生はここんとこ、さっさとかっ込んで飛び出して行きなすったから、味がわかってなかったんでしょう」

佐平は笑う。

「煮売りだってそうですよ、文七さんが来ないから、ほかの人から買ってたんですけど、きんぴらは文七さんより上はいませんね」

「ふうむ、そうか……しかし、佐平、物売りの名までよく知っているな」

「そりゃ、毎朝のことですから、立ち話だってしますよ。とくに久松さんは話が面白いんで、つい話し込んじまいますね」

なるほど、と久松の顔を思い浮かべる。そうやって、あちこちで話を拾い集めているのだな……。

佐平は番茶を注ぎながら、首をかしげる。

「けど、二人いっぺんに来なくなったから、やめちまったのかと思っていたら、二人いっぺんに戻って来て、なんなんですかねえ」

物言いたげな目で主を見る。

うほん、と咳を払って、登一郎は納豆汁を飲み干した。

「いろいろと忙しいのであろう」

「はあ、さいで」

と佐平は梅干しの入った番茶を膳に置く。

登一郎は目刺しを頭からかじると、白いご飯を続けて頬張った。

「この目刺しは旨いな」

はあ、と佐平は首をかしげる。

「目刺しのせいじゃなく、お口のせいじゃあないですか」

「口……」

「はい、先生はお屋敷にいた頃よりも食の進みがよくなられたんじゃ……」

佐平は頬を撫でる。

「このあたりがふっくらとしてきなすったようですし」

む、と登一郎は箸を持った手で頬をさする。

「それに」佐平は己の眉間を指で指した。

「ここも、前はいっつも狭くて皺が刻まれてましたけど、今は広く平らになってますよ」

む、と登一郎も手を眉間に持っていく。

佐平はにこにこと頷く。

「そもそもお城のお役人方は、みぃんな、眉が寄ってますからね、先生もそうだったんでしょう。けど、皺が消えてようござんした」

「ふむ」登一郎は目刺しを呑み込む。

「そうであったやもしれぬ。今思えばお城に上がるのは、妖怪の巣窟に乗り込むようなものであったからな」

「へえそりゃ、くわばらくわばら……あたしゃ町人でよかった」

「そうさな」

苦笑する登一郎は、ふと顔を横に向けた。

隣の弁天の家から、鈴の音が響いてくる。

「朝早くから客か」

そのつぶやきに佐平が頷く。

「またのっぴきならなくなった人が駆け込んで来たんでしょう」

吹き込んでくる昼下がりの風を受けて、登一郎は二階で寝転んでいた。読売の見張りで歩き回った足も、やっとだるさが消え始めていた。

その耳に「先生」と呼ぶ声が聞こえて、登一郎は起き上がった。

窓から顔を出すと、下に代書屋の百谷落山が立っていた。

「おう、落山殿」

あ、と落山が顔を上げた。

「おられましたか」

「うむ、今、参る」

下へと降りて戸を開ける。佐平は出かけたようだった。

「今日」落山が懐に手を入れる。

「あの偽証文のご依頼人がやって来ましてな、すべて渡しました」

「ほう、すんだのだな」

「はい、これならばれることはない、と喜んでおりました。で」

落山は小さな紙の包みを差し出した。

「これは先生の取り分です」

え、とそれを受け取る。

「よいのか」

「もちろん、仕事の報酬です。ご確認を」

広げると、中には一朱金が三枚、入っていた。

「不足でしたら、足します」

そう言う落山に登一郎は首を振る。

「いや、十分だ。落山殿は印を彫ったりと手間をかけているのに較べ、わたしは書いただけ。これでは多い」

「いいえ、蹟が増えて助かりました。それにほかにも助けていただきましたし、その分も含めて、ということで」

ふむ、と登一郎はおあきに文を届けたことや、お蔦を引き受けたことを思い出した。

「では」と受け取る登一郎に、落山は「はい」とにこやかに頷く。

「また、なにかあったら」

二人の声が重なった。

や、と登一郎が笑い、落山も笑う。

「よろしくお願いします」

落山はぺこりと会釈をして、斜め向かいに戻って行った。

戸口に立ったまま、登一郎は小さな金の板を見つめた。

　そうだ、と外に出ると、清兵衛の家へと向かった。

「清兵衛殿」

　呼びかけに、「おう」とゆっくり足音が戸口にやって来る。

　現れた清兵衛はにぃっと笑顔になった。

「昨日は馳走になり、かたじけないことであった」

「いや、粗末な物、礼など無用。それより……」

　登一郎はそっと掌を開いた。

「ほう」

　金の板を覗き込む清兵衛に、

「落山殿の手伝い賃だ」と、ささやく。

「これで料理茶屋に参ろうではないか」

「料理茶屋か、久しく行っていないな」

「わたしもだ、深川辺りで貝料理など食べようではないか」

「おう、貝か、貝の妖怪と思って思い切り嚙み潰してやれば気持ちよかろう」

　かか、と笑う清兵衛に登一郎もつられる。

「おう、まさしく」

「しかし」清兵衛が真顔になる。

「よいのか、そのようなことに使って」

「いや、清兵衛殿に礼をしたいと改めて思ったのだ。清兵衛殿に声をかけられていなければ、この横丁に来ていなかったからな」

見台を出していた清兵衛に、声をかけられたのが知り合うきっかけだった。

登一郎はその折のことを思い出し、首をかしげた。

「あのとき、迷い事があるのだろう、と、なにゆえにわかったのだ」

「なあに、簡単なこと。迷いがある者はうつむいて歩くのだ。町人であれば、一目瞭然、武士でも顔を伏せるほどではないが、下を見て歩くものだ。悩む者に、晴れ晴れと空を仰いで歩く者はいないからな」

「なるほど」

頷く登一郎に、清兵衛が「そら」と目顔で背後を示した。

横丁にうつむき加減で男が入って来た。よれた着物の町人だ。伏せた顔で左右を見ている。

「困っているようだな」

清兵衛はつぶやくと、外に出た。

男に「これ」と寄って行く。

「どちらに行かれるか」

はあ、と男は立ち止まった。

「この横丁に、薬礼を待ってくれる医者がいるって聞いたもんで」

「ふむ、龍庵先生のことだな。案内いたそう」

歩き出す清兵衛に、登一郎も並んだ。歩きながら男に首を伸ばす。

「家の者が病（やまい）か」

「へい、おっかさんも女房も、ガキまで具合が悪くて」

「みんな揃ってか、流行病（はやり）というわけでもあるまいに」

「へえ、あんまりまともな物を食ってねえんで、そのせいかもしれやせん。草とかを食ってたら、腹の具合が悪くなっちまって」

ううむ、と登一郎は男の顔を覗き込む。

「草を食うとは、米が買えないということか」

「へえ、仕事がなくなっちまったもんで」

「仕事、とはなにをしていたのだ」

清兵衛も首を伸ばす。

　はあ、と男はやっと顔を上げた。

「あたしは寄席の芸人だったんで。けど、寄席が禁止になっちまったもんで、仕事がなくなって……あたしはこんな身体なんで、力仕事はできないし」

　男は苦笑して、小柄で細い身体を撫でる。

「ふうむ」登一郎は男を見る。

「なれば、須田町の善六という慶安を訪ねてみるがよい。のっぴき横丁で教えられた、と言って」

　登一郎は善六の顔を思い起こす。とぼけようとした後ろめたさを感じているはずだ、動いてくれるだろう……。

「はあ」

　男は須田町、善六、とつぶやく。

「それと」

　登一郎は懐に手を入れて、清兵衛を見た。

「清兵衛殿、料理茶屋はやめにして、居酒屋でもよいか」

　清兵衛は登一郎の手を見て、おう、と頷いた。

「いいとも、そうしよう」

うむ、と登一郎は一朱金二枚を手に乗せた。

「龍庵先生は事情を話せば、薬礼をまけてくれるし、待ってくれる。それよりもこの金で米を買うがよい」

男は差し出された金に目を丸くする。

「え、けど、これ……」

「よいのだ、さっ」

登一郎は男の手に握らせる。

「ここだ」

清兵衛は龍庵の家を指で指す。

「龍庵先生、おられるか」

声を放つと「はい」と、中で足音が鳴った。

「よかった、いたぞ」

清兵衛は男の肩をぽんと叩く。

「ではな」登一郎は男の背を押した。

「まずは皆の腹を満たすのだぞ」

男は握りしめた手を胸に当てると、潤んだ目で頷いた。

登一郎と清兵衛は、横丁を出る。

「さあて、居酒屋であさりの酒蒸しを嚙み砕くぞ」

清兵衛が拳を振る。

「うむ、さざえもあるかもしれん、嚙み応えがあるぞ」

登一郎も真似た。

二人は西の空を見ながら歩き出した。

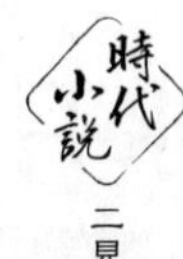

二見時代小説文庫

慕われ奉行　神田のっぴき横丁2

二〇二二年　十　月二十五日　初版発行

著者　氷月　葵

発行所　株式会社　二見書房
〒一〇一-八四〇五
東京都千代田区神田三崎町二-一八-一一
電話　〇三-三五一五-二三一一［営業］
〇三-三五一五-二三一三［編集］
振替　〇〇一七〇-四-二六三九

印刷　株式会社　堀内印刷所
製本　株式会社　村上製本所

ISBN978-4-576-22144-1
https://www.futami.co.jp/